고전에서
얻는 지혜

"세상의 길짐승 중에 특별히 저는 하체에 구멍이 세 개 있는데 하나는 대변 볼 때 쓰고, 하나는 소변 볼 때 쓰며, 또 하나는 간을 넣었다 꺼냈다 할 때 씁니다." 〈토끼전〉에서

이 읽으면 읽을수록 논술이 만만해지는

우리고전 읽기 ①

글 허순봉

경남 통영에서 태어나 푸르고 깨끗한 바다를 보며 꿈을 키웠으며, 아이에게 동화를 지어 들려주다
가 아이가 좋아하는 것을 보고 다른 아이들에게도 들려주고 싶어 동화작가가 되었습니다. 대표작
으로는 「천사의 알」, 「난 꼭 해내고 말 거야」, 「Why? 똥」, 「Why? 궁궐이야기」 등이 있습니다. 현재
아동문학인협회, 아동문예작가회 회원으로 활동 중입니다.

그림 김 홍

서울에서 태어났으며 서양화를 공부했습니다. 어린 시절에는 하얀 종이만 보면 그림을 그리고 싶
어하는 꼬마 화가였습니다. 무엇보다도 어린이들의 꿈과 희망이 가득한 동화를 그리는 것을 좋아
합니다. 대표작으로는 「아주 깊이 사랑하다」, 「절대 뒤돌아 보지마」, 「세상의 모든 상식 지식 사전」
등이 있습니다.

읽으면 읽을수록

논술이 만만해지는

글 허순봉 | 그림 김홍

우리고전 읽기 ①

가람어린이

고전을 읽으면 논술이 보여요!!

논술은 날로 중요해지고 있습니다. 따라서 논술 때문에 머리를 싸매는 학생들도 날로 늘어나고 있습니다.

'어떻게 하면 논술을 잘하게 될까?'

아마도 모든 학생들은 한 번쯤 이런 생각을 해봤을 것이고 그 해결책을 찾기 위해 노력해 보았을 것입니다.

논술을 잘할 수 있는 방법은 있습니다. 그러나 단기간에 잘하기는 어렵습니다.

논술을 잘하기 위해서는 사고력을 길러야 하는데, 이 사고력을 기르는 것이 쉽지 않습니다. 사고력을 기르려면 먼저 여러 방면으로 많은 것을 알아야 하는데, 많은 것을 알기 위해서는 많은 책을 보아야 하기 때문입니다.

그 많은 책을 다 읽을 수 있다면 그 보다 더 좋은 일은 없을 것입니다. 그런데 시간은 한정되어 있습니다.

따라서 책은 골라서 읽어야만 하는 것입니다.

그렇다면 어떤 책을 골라야 할까요?

사람들은 흔히 고전을 읽으라고 말합니다. 고전은 오랫동안 많은 사람들이 그 가치를 인정하고 읽어 온 책입니다.

그렇다면 우리 고전은 어떨까요?

우리 고전은 우리 조상들의 생각, 생활, 지혜, 풍습 등을 알게 해주는 매우 가치 있는 책으로 우리가 꼭 읽어야 할 기본 교양서이기도 합니다.

우리 고전을 읽지 않고 세계 명작이라고 하여 외국의 고전만 읽는다면, 한글보다 영어를 먼저 배우는 격이 될 것이며 걷기보다 날기를 먼저 배우는 격이 될 것입니다. 이 책에서는 우리 고전 중에서 꼭 읽어야 되는 것만을 골라 실었습니다.

어린이 여러분이 우리 고전을 읽고 논술을 위한 기본 교양과 상식을 쌓음과 동시에 문제 풀이를 통하여 사고력을 넓힐 수 있게 되기를 바랍니다.

허순봉

글 싣는 순서

규중칠우쟁론기 9

장끼전 19

흥부전 33

옹고집전 61

박씨부인전 83

고전이 정말 재미있나요?

논술이 되네!!!

나도
할 수 있어요!

한 걸음 한 걸음
천천히 천천히......!!!

춘향전
117

양반전
151

토끼전
163

연오랑과
세오녀
185

심청전
193

이 책을 읽는
어린이들을 위한
도움말

읽기 전에 줄거리부터

소설의 내용을 요약한 부분입니다. 먼저 소설을 감상하고, 그 후 정리할 때 읽어 볼 것을 권합니다. 소설의 내용이 어렵고 잘 파악되지 않는다면 줄거리를 읽으면서 시간 순서로 일어난 사건들을 곰곰이 생각해 보세요.

이것만은 꼭 알고 가자!!

작품의 주제와 꼭 생각하면서 읽어야 할 것이 무엇인지 알려 줍니다. 소설의 종류도 알기 쉽게 설명했습니다. 중학교 예비 학습이라 생각하고 잘 읽어 보세요.

소설 원문

소설 작품이기 때문에 지금의 우리들이 잘 쓰지 않는 말이나 사투리도 많이 나옵니다. 낯설게 생각하지 말고 '작가는 무슨 이야기를 하려는 걸까?' 생각하며 읽습니다. 세부적인 것보다는 전체 내용을 파악하고 느끼는 것이 더 중요해요.

초등 필수 단어장 및 구절 풀이

이해하기 어려운 말을 알기 쉽게 풀어 주었습니다. 처음 읽을 때는 그냥 넘어가고 다시 읽을 때 자세히 보도록 합시다.

논술 실력을 쑥쑥 올려 줘요!!

고전소설의 중요한 부분들을 문제로 엮었습니다. 논술 공부에 도움이 될 수 있도록 성실히 답해 봅시다.

규중칠우쟁론기

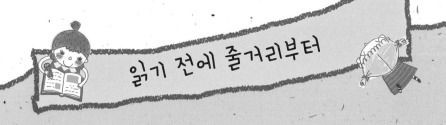

읽기 전에 줄거리부터

규방의 부인이 바느질에 사용하는 일곱 벗, 즉 자 · 바늘 · 가위 · 실 · 골무 · 인두 · 다리미 들이 각각 자기가 바느질에 공이 가장 크다고 자랑합니다. 그러나 규중 부인은 바느질의 공이 사람 손에 달렸다며 일곱 벗의 공을 인정해 주지 않습니다. 그러자 그들은 이번에는 규중 부인을 원망하게 됩니다.

이 때 감투 할미가 용서를 구하여 규중 부인은 감투 할미를 더욱 아끼게 됩니다.

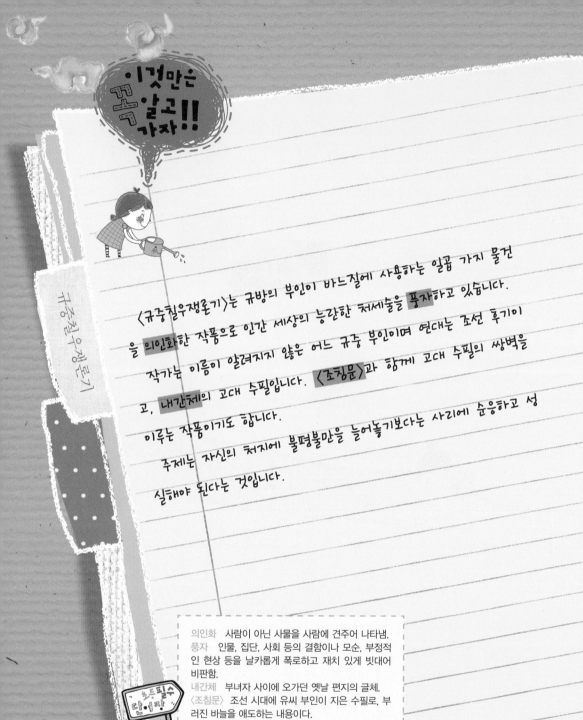

〈규중칠우쟁론기〉는 규방의 부인이 바느질에 사용하는 일곱 가지 물건을 의인화한 작품으로 인간 세상의 능란한 처세술을 풍자하고 있습니다. 작가는 이름이 알려지지 않은 어느 규중 부인이며 연대는 조선 후기이고, 내간체의 고대 수필입니다. 〈조침문〉과 함께 고대 수필의 쌍벽을 이루는 작품이기도 합니다.

주제는 자신의 처지에 불평불만을 늘어놓기보다는 사리에 순응하고 성실해야 된다는 것입니다.

의인화 사람이 아닌 사물을 사람에 견주어 나타냄.
풍자 인물, 집단, 사회 등의 결함이나 모순, 부정적인 현상 등을 날카롭게 폭로하고 재치 있게 빗대어 비판함.
내간체 부녀자 사이에 오가던 옛날 편지의 글체.
〈조침문〉 조선 시대에 유씨 부인이 지은 수필로, 부러진 바늘을 애도하는 내용이다.

규중칠우쟁론기

규중칠우란 부인들의 방에 있는 일곱의 벗을 말한다.

선비들이 붓과 먹, 종이, 벼루를 벗으로 삼아 문방사우라 하였듯이 부인들도 바느질을 돕는 일곱 가지 물건에 각각 이름을 붙여 벗으로 삼았다.

바늘은 세요각시, 자는 척부인, 가위는 교두각시, 인두는 인화부인, 다리미는 울낭자, 실은 청홍흑백각시, 골무는 감투할미라 했다.

부인이 머리를 빗고 얼굴을 씻고 나면 일곱 벗은 일제히 모여 각각 제 할 일을 했다.

어느 날 일곱 벗이 모여 바느질을 하는데 갑자기 자신의 공이 얼마나 큰지 자랑하기 시작했다.

척부인은 긴 허리를 재며,

> 문방사우 선비가 서재에 갖추어 두고 친구처럼 가까이하는 네 가지 물건. 즉 붓, 먹, 종이, 벼루를 함께 이르는 말.
> 인두 바느질할 때 불에 달구어 천의 구김살을 눌러 펴는 데 쓰는 기구.
> 골무 바느질할 때 바늘을 밀기 위하여 손가락에 끼는 도구.
> 공 어떤 사람이 노력을 하여 이룬 훌륭한 업적.

초등필수 단어장

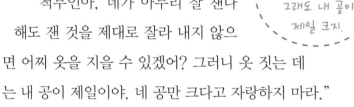

난 척부인!
내가 없으면 정확히
잴 수 없지!

"너희들, 내 말 좀 들어 봐. 가는 명주, 굵은 명주, 삼베와 모시 등 옷감을 다 내어 펼쳐 놓고 옷을 지을 때 길고 짧음, 넓고 좁음을 내가 아니면 어찌 재어 내겠어? 그러니 옷 짓는 데는 내 공이 제일 커."

그러자 교두각시가 양다리를 빨리 놀리며 말했다.

나, 교두각시!
뭐든 자를 수 있어.
그래도 내 공이
제일 크지.

"척부인아, 네가 아무리 잘 잰다 해도 잰 것을 제대로 잘라 내지 않으면 어찌 옷을 지을 수 있겠어? 그러니 옷 짓는 데는 내 공이 제일이야. 네 공만 크다고 자랑하지 마라."

세요각시는 가는 허리를 구부리며 날랜 부리로 소리쳤다.

어머머, 무슨 말씀!
구슬이 서말이라도 꿰어야
보배. 나 세요각시가
최고라고!

"너희들 말은 다 틀렸어. 옷감을 재고 잘라 놓았다 해도 내가 빨리빨리 움직이지 않으면 어찌 옷이 되겠어? 그런데 너희 둘이 무슨 공이 크다고 자랑이야?"

청홍각시는 얼굴이 붉으락푸르락 화를 내어 말했다.

나 청홍각시가
없으면 세요각시
넌 있으나마나한
존재란다.

"세요야, 네가 아무리 공이 크다 해도 내가 없으면 아무 소용 없잖아. 네가 세운 공은 사실 내 공이나 마찬가지야."

✷ 작은 집단에서 우두머리가 되는 것이 큰 집단에서 꼴찌가 되는 것보다 낫다 ✷

쯧쯧쯧……
닭의 입이 될지언정 소 뒤는 되지 말라 했거늘.

감투할미는 크게 웃더니 말했다.

"이 늙은이는 아가씨들 손가락이 아프지 않게 바느질을 도와주고 있어. 옛말에 이르기를, 닭의 입이 될지언정 소 뒤는 되지 말라 했는데, 청홍각시, 너는 세요의 뒤나 따라 다니는 주제에 얼굴이 아깝구나. 나는 늘 세요의 귀에 찔리고 있지만 낯가죽이 두꺼워 견딜 만하니 더 이상 아무 말도 하지 않겠어."

인화낭자가 말했다.

"너희들 싸우지 말고 내 말 들어 봐. 누비 바느질이 누구 때문에 고우며, 혼솔 역시 나 아니면 어찌 풀로 붙인 듯이 곱겠어? 바느질 솜씨가 나빠도 내 손바닥으로 한번 누르면 잘못한 흔적이 사라지니, 세요야, 너의 공은 나 덕분에 빛나는 거야."

바느질 솜씨가 좋아 보이는 건 모두 이 인화낭자 덕이라고!!

울낭자는 커다란 입을 벌리더니 너털웃음을 웃고 나서 말했다.

하하하, 인화야. 나 울낭자는 모든 옷을 다 다릴 수 있단다.

"인화야, 너는 다만 바느질한 곳을 다릴 뿐이지만 나는 옷이란 옷은 다 다려. 게다가 주름 주글주글한 옷은 나의 넓은 볼기로 한 번 스치면 반듯하게 펴져서 모양이 고와진단 말이야. 그러니 옷 만드는 공은 내가 제일 커."

붉으락푸르락 몹시 흥분하거나 화가 나 얼굴이 붉었다 푸르렀다 하는 모양.
누비 천을 포개 놓고 죽죽 줄이 지게 박는 바느질(보통 천 사이에 솜을 두고 박을 때 쓰인다).
혼솔 홈질(겉과 안을 같은 길이의 바늘땀으로 꿰매는 바느질)한 옷의 솔기.
너털웃음 크게 소리를 내어 시원하게 웃는 웃음.

초등필수 단어장

그러자 부인이 <u>가소롭다</u>는 표정으로

✦ 비록 바늘, 실 등의 도움을
받는다 해도 결국 자신의 솜씨가 있어
바느질을 하는 것이라는 뜻 ✦

"너희들의 공으로 옷을 짓기는 하나 그 공이란 사람이 하기에 달린
것인데, 어찌 너희 공이라고 우기는 거야?"

라고 말한 뒤에 일곱 벗을 밀치더니 베개를 베고 잠이 깊이 들었다.

척부인이 탄식했다.

"정말 <u>매정한</u> 데다 공도 모르는 여자야. 옷을 지을 때는 우리부터 찾
지만 다 짓고 나면 자기 공인 줄로만 알아. 게다가 게으른 종 잠 깨울
때는 나를 매로 쓰면서도 내 허리 부러지는 것도 모르니 정말 야속하고
화가 나서 참을 수가 없어."

교두각시가 이어서 말했다.

"척부인아, 네 말이 옳아. 옷감 자를 때는 나 아니면 안 되는데, 잘 드니 못 드니 하면서 내던지지를 않나, 양다리를 각각 잡고 흔들지를 않나, 정말 그럴 때는 불쾌하고 노엽기 짝이 없어."

세요각시도 한숨 쉬고 말했다.

"내가 뭘 잘못했다고, 사람 손에 부대끼며 듣기 싫은 소리를 듣는지……. 약한 허리에도 불구하고 이리저리 몸을 놀려 힘껏 바느질을 돕는데 옷이 마음대로 되지 않으면 내 허리를 부러뜨려 화로에 넣어 버리니 원통하기 짝이 없어. 사람이 원수 같지만 원수 갚을 길이 없어 가끔 손톱 밑을 찔러 피를 내게 해. 그럼 조금 시원해지는데, 그것도 못하게 감투할미가 밀어낼 때는 속상해서 견디기 힘들어."

바느질을 하다 보면 가끔 바늘에 찔릴 때가 있는데 골무 낀 손가락은 안전하게 보호된다

인화낭자가 눈물 지으며 말했다.

"나는 무슨 죄로 불에 달구어 지지는 형벌을 받는지 모르겠어. 서럽고 괴롭기 짝이 없어."

울낭자는 울적한 얼굴로 말했다.

"인화야, 나도 너와 하는 일이 같고 받는 형벌도 같아."

일곱 벗이 이렇게 저마다 불평불만과 원망을 털어놓고 있는데, 자던 부인이 갑자기 깨어나 불쾌한 얼굴로 일곱 벗에게 말했다.

"너희들 지금 내 흉을 마구 보며 불평하는구나."

감투할미가 머리를 조아리며 말했다.

"젊은것들이라 생각이 없으니 재주 있

가소롭다 하는 짓이 아니꼽거나 어처구니없어 우습다.
매정한 얄미울 정도로 인정이 없고 쌀쌀한.
놀려 몸의 한 부분을 이리저리 움직여.
화로 방 안의 난방을 위하여 숯불을 담아 놓는 그릇.
형벌 죄를 지은 사람에게 국가가 내리는 벌.
조아리며 상대에게 고마움이나 죄송함이나 복종심 등을 표시하기 위해 이마가 땅에 닿을 만큼 머리를 계속해서 숙이며.

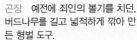

곤장 예전에 죄인의 볼기를 치던,
버드나무를 길고 넓적하게 깎아 만
든 형벌 도구.
성한 본래의 상태대로 온전한.
비단 명주실(누에 고치에서 뽑은
실)로 광택이 나게 짠 천.

고 공은 많은데 대접을 못 받는다고 부인을 원망하는 것입니다. 마땅히 곤장을 칠 만하지만 평소 저희를 아끼는 마음과 저희들의 작은 공을 생각하여 부디 용서해 주십시오.”

부인이 대답했다.

“감투할미가 용서를 청하니 내 용서해 주겠어. 내 손가락이 성한 것이 다 할미 공이니 말이야. 그리고 할미 공을 잊지 않게 비단 주머니를 만들어 할미를 그 속에 넣고 내 몸에서 떠나지 않게 할 거야.”

감투할미는 머리를 조아려 감사의 말을 전했고 일곱 벗은 부끄러워하며 물러났다.

재미있는 이름

세요각시(細腰閣氏)는 바늘의 가는 모양을, 교두각시(交頭閣氏)는 가위의 X자 모양을 가지고 만든 이름이다. 척부인의 '척(尺)'은 자를 뜻하며, 울낭자의 '울(熨)'은 다리미를 뜻한다. 인화부인(引火夫人)은 인두를 불에 달구어 사용한다는 점에 착안하여 붙인 이름이며 청홍흑백각시(靑紅黑白閣氏)는 실의 색깔이 다양하다 하여 붙은 이름이다. 또한 손가락에 끼는 골무는 마치 머리에 쓰는 감투 같아서 감투할미라 하였다.

16

재미있게 짧은 글 짓기를 해 보아요

1 공 :

2 바느질 :

3 소임 :

4 형벌 :

5 흉 :

재미있게 긴 글 짓기를 해 보아요

다음 단어들을 사용하여 글을 지어 보세요(본문을 참고하세요).

1 붓, 먹, 종이, 벼루, 문방사우, 바느질, 벗 :

2 명주, 삼베, 모시, 짧음 :

3 재주, 공, 대접, 부인, 원망 :

이해력을 길러요

빈칸에 알맞은 단어를 넣어 보세요.

(일곱, 옷, 매, 불쾌, 사람, 불평불만, 다리, 벗, 어찌, 야속, 공)

1 너희들의 공으로 _____ 을 짓기는 하나 그 공이란 _____ 이 하기에
달린 것인데, _____ 너희 _____ 이라고 우기는 거야?

2 나를 _____ 로 쓰면서도 내 _____ 부러지는 것도 모르니 정말
_____ 하고 화가 나서 참을 수가 없어.

3 일곱 _____ 이 이렇게 저마다 _____ 과 원망을 털어놓고 있는데,
자던 부인이 갑자기 깨어나 _____ 한 얼굴로 _____ 벗에게 말했다.

사고력을 길러요

1 척부인은 무엇을 자랑했나요?

2 규방부인은 규중칠우를 어떻게 나무랐나요?

3 감투할미는 규방부인에게 어떻게 하여 더욱 아낌을 받게 되었나요?

논리력을 길러요

1 규중부인은 왜 일곱 벗을 나무랐나요?

2 척부인은 왜 탄식했나요?

장끼전

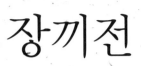

읽기 전에 줄거리부터

장끼와 까투리는 부부로, 사이에 아홉 아들, 열두 딸을 두었습니다.

어느 날 장끼, 까투리 부부는 자식들과 함께 먹이를 구하려고 들판으로 들어갑니다.

장끼가 먼저 붉은 콩 한 알을 발견하고 먹으려고 하자 까투리가 수상하게 여기고 갖가지 말로 말립니다.

그러나 장끼는 듣지 않고 결국 콩알을 부리로 찍다가 덫에 치이게 되고 죽음을 눈앞에 두게 됩니다. 장끼는 까투리에게 수절할 것을 당부합니다.

탁 첨지가 장끼를 가져가고 까투리는 슬퍼하면서 장례식을 치릅니다.

그런데 조문 온 까마귀와 물오리, 또 다른 장끼가 청혼을 합니다. 까투리는 까마귀와 물오리의 청혼은 거절하나 장끼의 청혼은 받아들여 행복하게 삽니다.

장끼전

작자, 연대가 알려져 있지 않은 조선 시대의 고대소설이며 한글로 쓰

여졌습니다.

다른 작품들과 마찬가지로 문예부흥이 크게 일어났던 영·정조 때 쓰

여진 것으로 추측됩니다.

다른 이름으로는 '웅치전', '장끼타령'이 있습니다.

꿩을 의인화한 우화로서 동물의 세계를 통해 인간 세계를 풍자한 풍

자소설이기도 합니다.

타인의 충고를 받아들여야 하며 분에 넘치는 욕심을 부려서는 안 된다는

교훈적인 내용이 있는 반면, 여성의 개가를 나쁘게 본 것에 대한 풍자

적인 내용도 함께 들어 있습니다.

다른 고대소설과는 달리 소설이 먼저 쓰이고 그 뒤에 판소리로 개작되

었다는 설도 있습니다.

꼭 알기쉽게 풀어주자!

우화　동물이나 식물이 사람처럼 말을 하고 생각과
행동도 하는 것을 상상으로 꾸며 내어 만든 짧은 이
야기. 인간 생활에 대한 풍자와 교훈을 담고 있다.
판소리　줄거리가 있는 긴 이야기를 북 장단에 맞추
어 몸짓과 함께 노래로 부르는 우리나라 전통 음악
의 하나.

장끼전

하늘과 땅이 열린 뒤에 만물이 번성했다.

만물 중에 귀한 것은 사람이며 천한 것은 짐승이었다. 날짐승과 길짐
승이 각각 삼백씩 있었는데, 그 중 꿩은 다섯 가지 색깔을 가졌으며 별
명은 화충이었다. 산새와 들짐승의 천성은 사람을 멀리하는 것이다.

꿩 역시 사람에게 가까이 가지 않고, 푸른 숲 속 시냇가의 소나무를
정자로 삼고, 밭과 들에 널려 있는 곡식을 주워 먹으며 살았다. 그러나
주인이 없으니 모두들 꿩을 잡고 싶어했다.

몸 가벼운 보라매는 꿩을 잡아 먹으려고 여
기서 '떨렁' 저기서 '떨렁' 하고, 몽둥이를 든
몰이꾼 역시 여기서 '우여' 저기서 '우여' 하며,
냄새 잘 맡는 사냥개는 이리 '컹컹' 저리 '컹컹'
꿩을 잡으려고 애를 썼다.

> 만물 세상에 있는 모든 것.
> 꿩 꿩과의 새로 생김새는 닭과 비
> 슷하나 꼬리가 더 길고 몸빛이 검은
> 반점이 있는 적갈색이다.
> 천성 타고난 성품.
> 보라매 그 해에 난 새끼를 잡아 길
> 들여서 사냥에 쓰는 매.
> 몰이꾼 사냥할 때 짐승을 모으는
> 사람.

목숨을 건지려고 사잇길로 달아나면 수많은 포수들이 총을 메고 앞을 막았다. 이러니 엄동설한에 굶주린 꿩은 어디로 달아나야 할지 알 수 없었다.

　　어느 날, 장끼 한 마리와 까투리 한 마리가 아들 아홉과 열두 딸을 앞뒤에 세우고, 콩알 하나라도 주워 볼까 하고 들판으로 들어갔다.
　　"넓은 들이 질펀하게 펼쳐져 있으니 이 골짜기, 저 골짜기에서 각각 먹이를 줍자꾸나. 맛난 콩이라도 하나 줍게 되면 사람도 부럽지 않을 거야. 하늘 아래 모든 생명은 다 저 먹을 것은 타고 나는 법이니 한 끼 배불리 먹는 것은 제 재주에 달린 거야."
　　장끼가 자식들에게 이렇게 소리치며 먹이를 찾는데, 불은 콩 한 알이

눈에 띄었다.

장끼는 눈을 크게 뜨며 콩 가까이 다가갔다.

"허, 그 콩 먹음직스럽구나. 하늘이 주신 복을 내 어찌 마다하랴? 내 복이니 어서 먹고 보자."

옆에 있던 까투리는 불길한 예감이 들어,

"여보, 아직 그 콩 먹지 말고 자세히 봐요. 눈 위에 수상한 자취가 있어요. 사람이 입으로 훌훌 불고 빗자루로 싹싹 쓸어 놓은 흔적 같아요."

"동지 섣달 눈 덮인 겨울이라 하늘에는 나는 새조차 없고 사람의 발길이 끊어진 지 오래인데 사람의 자취라니, 그 무슨 말이오?"

"지난 밤 꿈이 너무 불길해 신경이 쓰여요. 맑은 하늘에 쌍무지개가 떠 있었는데 갑자기 칼로 변하더니 당신 머리를 댕강 베는 꿈이었어요."

"나는 간밤에 좋은 꿈을 꾸었소. 옥황상제께서 내게 벼슬을 내려 주시고 커다란 창고에서 콩 한 섬을 내 주시는 꿈이었소."

까투리는 계속 말렸다.

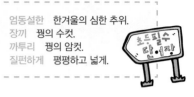

엄동설한 한겨울의 심한 추위.
장끼 꿩의 수컷.
까투리 꿩의 암컷.
질펀하게 평평하고 넓게.

초등필수 단어장

"삼경쯤에 또 불길한 꿈을 꾸었어요. 당신이 천 근이나 되는 무쇠가 마를 머리에 쓰고 깊은 바다에 풍덩 빠지는 꿈이었어요. 당신 죽는 꿈이 분명해요. 그러니 제발 그 콩, 먹지 마세요."

장끼는,

"그 꿈은 불길한 꿈이 아니라 좋은 꿈이오. 중국에 전쟁이 일어나 구원병을 청하면, 내가 대장 되어 머리에 투구 쓰고 압록강 건너가서 중원을 평정하고 승리할 꿈이오."

✦ 장끼는 까투리의 꿈을 자기가
원하는 대로 해석하며 길몽이라 주장함 ✦

까투리는 또 다른 꿈 이야기를 했다.

"새벽녘 닭이 울 때 또 꿈을 꾸었어요. 난데없는 청삽사리가 와락 뛰어들어 발톱으로 당신 얼굴을 할퀴는 꿈이었어요."

장끼는 벌컥 화를 내며 까투리 멱살을 잡고 소리쳤다.

"그 따위 꿈 이야기 다시는 하지 마오. 안 그러면 앞 정강이를 꺾어 버릴 테니."

그래도 까투리는 장끼 아끼는 마음에 입을 다물 수 없었다.

"봉황은 먹이가 없어 굶주려도 좁쌀은 쪼아 먹지 않는다 하였어요. 당신도 군자 같은 봉황의 본을 받아 제발 그 콩은 먹지 마세요."

장끼가 코웃음쳤다.

✦ 상상 속의 새인 봉황은
기상이 높고 상서롭다고 여겨진다 ✦

"흥, 먹는 것이 제일인데 군자는 무슨 군자."

까투리는 마지막으로 한 번 더 말렸다.

"옛날부터 고집 피우다가 패가망신한 사람이 한둘이 아니에요. 당신도 고집 피우다 죽을까 염려돼서 그래요."

그렇다고 고집을 버릴 장끼가 아니었다.

"고집 피운다고 다 죽으면 살아날 꿩이 어디 있겠소? 너무 걱정 마오."

장끼가 끝내 고집을 꺾지 않자 까투리는 할 수 없이 물러났다.

그러자 장끼는 꾸벅꾸벅 고갯짓을 하면서 조촘조촘 콩을 먹으러 들어가, 반달 같은 혀 부리로 콩을 콱 찍었는데 바로 그 순간, 머리 위에서 탁 하는 소리가 났다. 덫에 걸린 것이었다.

이 모습을 본 까투리는 기가 막히고 눈앞이 캄캄하여 자갈밭에 쓰러져서 당굴당굴 뒹굴면서 소리쳤다.

"아이고오, 내 이런 꼴 당할 줄 알았어. 남자라고 여자 말 안 듣더니 기어이 변을 당했네!"

잠시 뒤에 아홉 아들과 열두 딸, 그리고 친구들이 몰려들어 덫에 걸린 장끼를 보고 탄식했다.

까투리도,

본뜻은 뒤에 숨기고 비유하는 속담만 드러내어 그 숨은 뜻을 넌지시 나타내는 풍유법

"옛말에 '좋은 약은 입에는 쓰지만 병에는 이롭고, 옳은 말은 귀에 거슬리나 행실에는 이롭다.' 하였는데 당신도 내 말 들었다면 이런 변을 어찌 당하리. 애고, 답답하고 불쌍하다."

아직 숨이 끊어지지 않은 장끼는 덫 밑에 엎드려서 말했다.

"호랑이에게 변 당할 것을 미리 알면 산에 갈 사람 어디 있겠소? 미련은 먼저 오고 지혜는 나중 온다고, 죽는 놈이 탈 없이 죽겠소? 그것은 그렇다 치고 사람도 죽고 사

초등필수
단어장

삼경 하룻밤의 시간을 다섯 부분으로 나누었을 때의 셋째 부분. 밤 11시부터 새벽 1시 사이.
중원 중국 문화의 발원지인 황하 강 중류 지역.
청삽사리 빛깔이 검고 긴 털이 곱슬곱슬한 개.
봉황 몸의 생김새가 닭과 뱀과 용을 합친 것 같으며 오색의 깃털이 있다는 상상 속의 새.
패가망신 집안의 재산을 다 써 없애고 신세를 망침.
조촘조촘 선뜻 나아가지 못하고 망설이며 조금씩 조금씩.
덫 짐승이 밟거나 건드리면 몸이 걸려서 잡히게 되어 있는 장치.

는 것을 맥으로 안다 하니, 어디 맥이나 한번 짚어 보구려."

까투리는 장끼의 맥을 짚어 보고,

"맥이 끊어지면서 서늘하게 굳어 가니 곧 죽을 것입니다. 아이고, 이 게 무슨 변입니까?"

장끼는 몸을 한번 푸드득 털고 나서 말했다.

"맥은 그러하나 눈동자를 한번 살펴보게. 눈동자는 온전한가?"

까투리는 장끼의 눈동자를 살펴보고 한숨을 쉬더니, *죽음이 시시각각 다가오고 있음*

"왼편 눈의 동자는 첫새벽에 떠나가고, 오른쪽 눈의 동자는 지금 막 떠나려고 파랑보에 봇짐 싸네. 애고애고, 이 내 팔자, 이다지도 기박한 가? 남편도 자주 잃네. 첫째 낭군 얻었다가 보라매에 채여 죽고, 둘째 낭군 얻었다가 사냥개에 물려 죽고, 셋째 낭군 얻었다가 포수에게 총 맞아 죽고…… 이번 낭군 얻어서는 금실이 너무 좋아 아홉 아들 열두 딸을 주렁주렁 얻었는데, 아들 딸 시집 장가도 제대로 못 보내고 콩 하 나 먹으려다 덫에 덜컥 치였구나. 어찌 하면 살려 낼꼬? 명사십리 해당 화야, 꽃 진다고 한탄 마라. 너는 명년 봄이 되면 또 다시 피려니와 우 리 낭군 한번 가면 다시 오기 어려워라." *다음 해*

한참 동안 통곡하니 장끼는 눈을 반쯤 뜨고 말했다.

"여보, 너무 서러워 마오. 남편을 자주 잃는 자네 가문에 장가 간 게 내 실수요. 내 죽은 뒤 또 다시 시집 가지 말 고 부디 수절하여 정렬부인 되어 주오. 우지 마오, 우지 마오, 내 까투리 우지 마오, 내 까투리 울음소리에 장부 간장 다 녹는다. 당

맥 맥박.
온전한가 본래의 상태 그대로인가.
기박한가 운수가 사나워 일이 뒤틀리고 복이 없는가.
수절 절의나 정절을 지킴.
정렬부인 조선 시대에 지조가 굳은 여인에게 내리던 품계.
장부 다 자란 건강한 남자.
간장 간과 창자.
허위허위 힘에 겨워 힘들어하는 모양.
합장 불교에서 인사하거나 절을 할 때 두 손 바닥을 마주대는 것.

초등필수
단어장

신이 아무리 슬퍼해도 죽는 나만큼 슬프겠소?"

　그러면서 한편으로는 덫에서 벗어나려 버럭버럭 기를 썼다.

　그러나 벗어날 길은 전혀 없고 털만 쑥쑥 빠졌다.

　이 때 덫 임자 탁 첨지가 망을 보고 있다가 지팡이를 걷어 짚고 허위
허위 달려들어 장끼를 빼어 들고 희희낙락 춤을 추었다.

　"지화자 좋을시고, 안 남산 벽계수에 물 마시러 네 왔더냐? 밖 남산
작작도화 꽃놀이하러 네 왔더냐? 콩 하나 먹으려다 내 손에 잡혔구나."

　그리고는 장끼를 바위 위에 얹어 놓고 두 손을 합장하고 빌었다.

　"아까 놓은 저 덫에 까투리마저 치이게 하옵소서. 나무아미타불 관
세음보살."

　빌기를 마친 탁 첨지는 신이 나서 어깨를 들썩이며 산을 내려갔다.

까투리는 바위에 얹힌 장끼 털을 울며불며 찾아다가 원추리로 명정 써서 어린 소나무에 걸어 놓고 제물을 차렸다. ☆도토리 잔, 속잎대 수저를 이용하여 제상을 차림 ☆

가랑잎에 이슬 받아 도토리 잔에 따라 놓고 속잎대로 수저를 삼아 그렁저렁 차려 놓았다. 따오기는 제상 앞에 꿇어 앉아 축문을 읽었다.

이 때 태백산 갈까마귀가 까투리에게 조문하고 과실을 나눠 먹은 뒤에 탄식했다.

"그 친구 풍채 좋고 마음 착해 오래 살 줄 알았더니, 불은 콩 하나 잘못 먹고 어찌 비명횡사했단 말인가? 가련하고 불쌍하구나."

그러더니 갈까마귀는 갑자기 엉뚱한 말을 꺼냈다.

"그런데, 여보시오, 까투리님, 내 말 좀 들어 보시오. 여기서 이런 말 하는 것은 옳지 않은 일이지만 그대는 남편 잃고 나는 아내를 잃었으니 이는 천생연분이 아니겠소? 그러니 우리 둘이 혼인하는 것이 어떻겠소?"

이 말 들은 까투리는 한심하여 툭 쏘아붙였다.

"내 아무리 하찮은 꿩이라 하나 삼년상도 못 마쳤는데 어찌 개가를 하겠습니까? 말도 안 되는 소리 그만 하시지요."

그러자 갈까마귀는 자신의 경솔함은 생각도 않고 크게 화를 내어 소리쳤다.

"가소롭기 짝이 없는 말이로다. 그대 같은 하찮은 꿩 주제에 수절이라니, 자고로 까투리가 열녀란 말, 내 들어 본 적이 없도다."

이 때 조문을 끝낸 부엉이가 갈까마귀를 돌아보며 책망했다.

"몸뚱이도 검지만 주둥이도 고약하구나. 어른이 오시면 몸을 벌떡 일으켜서 인사를 할 일이지, 그대로 가만히 앉았느냐?"

이 말 듣고 가만히 있을 갈까마귀가 아니었다.

오히려 큰소리쳤다.

"눈이 우묵하고 귀만 쫑긋하면 다 어른이야? 내 몸 검다고 웃지 말아. 거죽이 검다고 속까지 검은 것은 아니니까."

이 때 앞 연못에 사는 물오리는 일곱 번이나 아내를 잃은 데다 자식까지 없어 다시 아내를 구하고 있었는데, 까투리가 남편 잃었단 소리 듣고 청혼도 하기 전에 혼인 잔치를 준비했다.

그리고 기러기, 앵무새, 황새, 호반새 등을 들러리로 세우고 까투리를 찾았다. 맨 앞에 섰던 호반새가 까투리를 보자 말했다.

"까투리 신부 계신가? 우리 신랑 들어가네."

느닷없이 혼인 잔치 행렬을 맞게 된 까투리는 울던 울음 뚝 그치고 놀라서 소리쳤다.

"아무리 과부가 만만하기로 궁합도 보지 않고 이런 법이 어디 있습니까?"

뒤따라 오던 물오리가 불쑥 나서서 말했다.

"과부와 홀아비 만나는데 사주 보고 궁합 보겠는가? 신부 신랑 둘이 만나면 되는 거지."

까투리는 기가 막혀,

"흥, 꼴에 남자라고 음흉한 말 잘도 하네. 혼인할 생각 전혀 없으니 그냥 가십시오."

그 때 조문 왔던 장끼도 까투리 앞으로 썩

원추리 백합과의 다년초로, 여름에 붉은빛을 띤 노란색의 종 모양 꽃이 피며 어린 잎과 꽃은 먹고 뿌리는 약재로 쓴다.
명정 붉은 천에 흰 글씨로 죽은 사람의 관직이나 성명을 쓴 조기.
갈까마귀 까마귀과의 새로 까마귀보다 작으며 목과 배만 희고 나머지는 검다.
천생연분 하늘에서 짝지어 준 인연.
삼년상 부모가 돌아가셨을 때 3년 동안 상을 치르는 일.
개가 남편이 죽거나 이혼을 한 여자가 다시 결혼함.
열녀 옛날에, 결혼하여 한 남자만을 섬기는 마음을 굳게 지키는 여자. 또는 남편이 죽더라도 다시 결혼하지 않는 여자.

장끼전의 특징

장끼는 죽기 전에 까투리에
게 수절해 달라고 요구했지
만 상을 치르는 까투리에게
청혼이 줄을 잇는다. 이에
까투리는, 제 짝으로는 장
끼가 제격이라며 다른 장끼
와 혼인을 한다. 까투리가
당당하게 재혼하는 모습을
보여줌으로써 여성의 개가
를 금지했던 고정관념에 도
전한다.

나섰다.

"나도 아내 잃고 홀아비 된 지 삼 년이나 되었는데 아
직 새 아내를 구하지 못해 늘 쓸쓸했다오. 마침 오늘 그대
가 과부 되었으니 이것은 우리 둘이 배필 되라고 하늘이
도우시는 것, 우리 둘이 짝을 지어 아들 딸 낳고 장가 시
집 보내며 백년해로함이 어떻겠소?"

이 말을 들은 까투리는 얼굴을 살짝 붉히면서 장끼의
청혼을 승낙했다.

"죽은 남편 생각하면 다시 시집 가는 것이 조금은 야박하긴 하지만,
내 나이 젊지 않고, 또 그대의 풍채를 보니 수절할 마음도 없어졌습니
다. 여기저기서 여러 홀아비가 청혼했지만 까투리 신랑감으론 장끼가
제일 나은 것 같습니다."

청혼을 거절당한 까마귀와 물오리는 무안해서 훨훨 날아가 버
렸다. 그러자 까투리는 새 신랑을 앞에 세우고 아홉 아들 열두
딸을 뒤에 세우고 눈보라 무릅쓰고 깊은 숲 속으로 들어갔다.

다음 해 봄, 아들 딸을 다 시집 장가 보낸 뒤 장끼
와 까투리는 명산대천으로 놀
러 다니다가 시월 십오일에 함
께 큰 물 속으로 들어가 조개
가 되었다. ☆ 이름난 산과 큰 내

> **배필** 부부로서의 짝.
> **백년해로** 부부가 되어
> 서로 사이 좋게 함께 늙음.
>
> 초등필수
> 단·어·장

재미있게 짧은 글 짓기를 해 보아요

1 번성 :

2 불길한 :

3 자취 :

4 패가망신 :

5 배필 :

재미있게 긴 글 짓기를 해 보아요

다음 단어들을 사용하여 글을 지어 보세요(본문을 참고하세요).

1 수상, 자취, 빗자루, 흔적 :

2 청삽사리, 와락, 발톱 :

3 미련, 먼저, 지혜, 나중 :

이해력을 길러요

빈칸에 알맞은 단어를 넣어 보세요.

(자취, 말, 먹이, 약, 새, 길, 겨울, 좁쌀)

1 동지 섣달 눈 덮인 　　　　　이라 하늘에 나는 　　　　　도 없고 사람의

　　　　　이 끊어진 지 오래인데 사람의 　　　　　라니, 그 무슨 말이오?

2 봉황은 　　　　　가 없어 굶주려도 　　　　　은 　　　　　먹지 않

는다 하였어요.

사고력을 길러요

1 까투리는 가장 먼저 어떤 꿈을 꾸었나요?

2 장끼는 또 어떤 꿈을 꾸었나요?

3 내가 까투리라면 어떤 말로 장끼를 말렸을까요?

4 내가 장끼라면 콩을 먹지 말란 까투리의 충고를 받아들였을까요?

5 결국 까투리는 누구와 혼인했나요?

6 내가 까투리라면 어떤 새의 청혼을 받아들였을까요?

논리력을 길러요

1 장끼는 왜 까투리 말을 듣지 않았을까요?

2 까투리는 왜 까마귀의 청혼을 거절했을까요?

3 까투리는 왜 장끼의 청혼은 받아들였을까요?

다 했으면 가시면도 힘 내자!!

흥부전

흥부와 놀부는 형제이나 서로 성격이 판이하게 다른데, 아우 흥부는 착하고 우애가 두터우나 형 놀부는 욕심 많고 성격이 괴팍했습니다.

그러던 어느 날 흥부는 구렁이에게서 제비 새끼를 구해 주었습니다. 이듬해 봄에 제비가 보은박이라고 쓰인 박씨를 하나 물고 와 흥부 앞에 떨어뜨려 주었습니다. 흥부가 박씨를 심었더니 박이 네 통 열렸는데 그 안에서 각종 재물이 쏟아지고 흥부는 부자가 되었습니다.

이 말을 전해 들은 놀부는 자신도 부자가 되기 위해 제비 다리를 일부러 부러뜨리고 치료를 해 주었습니다. 이듬해 봄에 제비가 과연 박씨를 물어 와 심었더니 박이 열 통이나 열렸습니다. 놀부는 재물이 나올까 하여 박을 타 보았는데 재물은커녕 재물을 뜯어 가는 사람들만 나왔습니다. 더구나 마지막 박에서는 똥물이 솟구쳐 나와 사람이며 집이며 온통 똥투성이가 되고 놀부는 알거지가 되고 말았습니다.

이것만은 꼭 알고 가자!!

흥부전

이 작품은 작자도 알 수 없고 쓰인 연대도 정확하게 알려져 있지 않은 조선 시대의 한글소설입니다. '박흥보가', '놀부전' 등의 다른 이름도 있습니다.

〈춘향전〉, 〈심청전〉 등과 같이 판소리로 불리던 것을 소설로 재구성한 작품으로 영·정조 때 판소리로 불렸다는 기록이 있습니다.

이 작품의 근원설화로 우리나라의 '방이설화' 몽고의 '박타는 처녀' 일본의 '혀잘린 참새' 중국의 '황조보은' 등이 있습니다.

이는 불교의 인과설화가 각 나라로 전파되어 그 나라 고유의 이야기로 바뀌어 만들어진 것으로 여겨지기도 합니다.

주제는 권선징악, 즉 착한 사람은 복을 받아 잘 살고 악한 사람은 벌을 받는다는 것으로 형제 간의 우애를 강조하였습니다.

또한 이 작품은 우리나라 사람들의 인격 형성에 큰 영향을 미치기도 했습니다.

초등필수 단어장

인과설화 인과응보 사상이 담긴 설화.
권선징악 착한 일은 권하고 악한 일은 벌함.

흥부전

쫓겨난 흥부

충청, 전라, 경상도 경계에 있는 어느 지방에 연생원이란 사람이 살았는데 두 형제를 두었다.

형은 놀부, 동생은 흥부인데, 한 어머니에게서 났지만 성격은 판이하게 달랐다.

아우 흥부는 마음이 착하고 효성이 지극하며 형제 간에 우애가 두터웠지만 형 놀부는 부모에게 불효하고 형제 간에도 우애라곤 손톱만큼도 없고 마음 쓰는 것도 괴상하였다.

☆ 오장(五臟)과 육부(六腑)는 인간의 장기를 통틀어 이르는 말 ☆

다른 사람은 오장육부이나 놀부는 심술보가 하나 더 있어 오장칠부였다.

술 잘 먹고, 욕 잘하고, 싸움 잘하고,

> 경계 어떤 지역과 다른 지역이 구분되는 자리.
> 우애 형제 간이나 친구 간의 두터운 정과 사랑.

초등필수 단어장

초상난 데 춤추기, 불붙는 데 부채질하기, 해산한 데 개 잡기, 우는 아이 똥 먹이기, 죄 없는 사람 뺨 치기, 늙은 영감 덜미 치기, 논두렁에 구멍 내기, 곱사등이 엎어 놓고 밟아 주기, 애호박에 말뚝 박기, 비오는 날 장독 열기 등등 놀부 심술은 끝도 없었다.

연생원이 죽자 놀부는 아버지가 물려 준 돈과 전답, 노비, 소와 말을 혼자 다 차지하고 아우 흥부를 구박했다.

그래도 성이 차지 않은 놀부는

'흥부 식구를 집에서 쫓아내면 양식도 많이 남고 돈 쓸 곳도 줄어들 것이다.'

라고 생각하여 아내와 의논한 뒤 흥부를 불렀다.

"형제라 하는 것은 어려서는 같이 살지만 서로 가정을 이룬 뒤에는 따로 사는 것이 옳은 일이다. 너는 이제 아내와 자식을 데리고 나가 살 거라."

흥부는 깜짝 놀라,

"형제는 손발 같은데 서로 떨어져 살아야 한다니 눈앞이 캄캄합니다. 다시 생각해 보십시오."

그러자 놀부는 눈을 부릅뜨고 주먹을 휘두르며 소리쳤다.

"이 놈, 흥부야, 잘살아도 내 팔자요. 못살아도 내 팔잔데, 형을 어찌 길게 뜯어 먹으려고 하느냐? 잔말 말고 어서 썩 나가거라."

흥부는 형의 마음 돌릴 수 없다 생각하고 아내와 의논했다.

아내는 눈물을 흘리면서,

"돈도 한 푼 없고 방도 한 칸이 없는데 당장 나가면 자식들과 어디로 가서 살겠습니까?"

흥부도 아무런 대책이 없어 한숨만 쉴 뿐이었다.

그런데 그 다음날부터 놀부는 날이 밝기만 하면 호통쳤다.

"이 놈, 흥부야, 어쩌자고 여태 아니 나갔느냐? 어서 썩 나가지 못할꼬?"

시달리다 못한 흥부는 어느 날, 아내와 어린 자식들을 데리고 무작정 집을 나왔다.

그리고 산 아래로 가서 수숫대를 끌어 모아 작은 집을 하나 지었다.

짓고 보니 안방, 대청, 행랑이 있긴 했으나 안방에 누워 발을 뻗으면 발목이 벽 밖으로 나가고 방에서 불쑥 일어서기라도 하면 목이 지붕 위로 쑥 솟아 올랐다.

★집이 매우 누추함★

이렇게 형편이 어려웠으나 어린 자식들은 해마다 늘어나 온 집안에서 바글거렸다.

그렇지만 입힐 옷도 제대로 없어 큰 녀석, 작은 녀석 모두 몸을 못 가리고 방 한구석에 우물우물 모여 있었다.

흥부가 기가 막혀

'어찌 하면 아이들 옷을 입힐까?'

하고 밤낮으로 궁리하다가 마침내 무릎을 탁 쳤다.

"옳다, 좋은 수가 있다."

흥부는 자식들을 한 곳에 모으고 큰 명석 한 닢을 얻어다가 구멍을 자식 수

초상 사람이 죽어 일정한 의례에 따라 장례를 치르는 일.
해산 아이를 낳음.
덜미 목의 뒷부분이나 그 언저리의 등 부분.
곱사등이 '척추 장애인'을 낮잡아 이르는 말.
애호박 덜 여문 어린 호박.
전답 밭과 논.
양식 살아가는 데 필요한 곡식.
대책 중요하거나 어려운 일을 해결할 수 있는 알맞은 계획.
수숫대 수수의 줄기.
행랑 문간 옆에 있는 방.
명석 짚을 네모지게 엮어 만든 큰 자리. (시골집 마당에 펴서 사람들이 앉거나 곡식을 널어 말리는 데 쓴다.)

대로 뚫어 씌워 놓았다.

그러자 멍석 위에 자식들 머리가 콩나물 머리처럼 솟아 올랐다.

이렇게 자식들 몸을 가려 주긴 했으나 한 녀석이 똥을 누러 갈 양이면 여러 녀석이 뒤따라 가야만 하는 고약한 형편이 되고 말았다.

게다가 아이들은 날마다 배고프다며 젖 달라, 밥 달라 아우성이었다.

어느 날, 아내가 굶주리는 아이들을 보다 못해 흥부에게 말했다.

"여보, 내가 굶는 것은 괜찮으나 자식들 굶는 것은 도무지 볼 수 없습니다. 부디 아주버님 댁에 가서 쌀이든 돈이든 되는 대로 좀 얻어 오십시오."

흥부는 형의 성품을 아는지라 한숨 쉬었다.

"가 봤자 몰매만 맞을 터인데……."

"옛 말에 '동냥은 못 줄 망정 쪽박을 깨겠는가?'라고 했습니다. 밑져야 본전이 아닙니까?"

흥부는 내키지 않았으나 할 수 없이 형의 집으로 건너갔다.

이 때 흥부 차림새는 앞 살 터진 헌 망건에 찌그러진 헌 갓을 쓰고 누덕누덕 기운 누더기를 입어 차마 두 눈 뜨고 볼 수 없는 지경이었다.

흥부는 집 안으로 들어가 놀부에게 공손히 절을 했다.

놀부는 몇 번이나 못 본 체하더니 마지못해 물었다.

"네가 누구냐?"

흥부는 기가 막혔으나 내색 않고 대답했다.

"흥부올시다. 세 끼를 굶어 누워 있는 자식, 살려 낼 길 전혀 없어 염치 불구하고 형님 댁에 왔습니다. 형제의 정을 생각하여 곡식을 좀 빌

려 주십시오. 내년 봄에 품을 팔아서라도 꼭 갚겠습니다.”

놀부는 성난 호랑이같이 날뛰며 눈을 부릅뜨고 소리쳤다.

“이런 염치없는 놈을 보겠나? 몇 년을 공짜로 먹여 주었더니 또 도와
달라고? 당장 내 집에서 나가거라!”

흥부는 울면서 애걸했다.

“곡식이 안 된다면 돈이라도 몇 푼만 주십시오. 아이들을 굶어 죽게
할 수는 없지 않습니까?”

“이놈아, 들어 보아라, 쌀이 있다 한들 너 주자고 섬을 헐며, 벼가 있
다 한들 너 주자고 노적 헐며, 돈이 있다 한들 너 주자고 괘를 헐며, 찬
밥이라도 주자 한들 너 주자고 마루 아래 청삽살이를 굶기겠느냐?”

흥부가 다시 한번 더 애걸하자 놀부는 도저히 못 참겠다는 듯 불같이
화를 내며 벽력같이 소리쳤다.

“여봐라, 마당쇠야, 광 문 열고 들어가면 저편에 보릿자루 있지?”

마당쇠가 “예!” 하고 대답했다.

이 때 흥부는 속으로 ‘옳다, 형님이 보리라도 주시려나 보
다.’ 하고 은근히 기대했다.

놀부가 계속 소리쳤다.

“그 자루 위에 있는 도끼자루 좀 가져오너라.”

마당쇠가 냉큼 달려가 도끼자루를 가져왔다.

놀부는 그 중 하나를 골라 잡더니 흥부 뒤쪽지
를 잔뜩 움켜쥐고 상좌 중이 법고 치듯 탕탕 두들겼다.

흥부 울며불며 소리쳤다.

"아이고, 형님. 동생 죽습니다. 시장 거리의 불량배라도 형님 앞에선 군자로다. 아니 주면 그만이지 때리기는 왜 때립니까?"

놀부는 그래도 그치지 않고 지끈지끈 마구 두들겨 패다가 제 기운에 못 이기어 도끼자루를 내던지고 사랑으로 들어갔다.

흥부는 어찌나 많이 맞았던지 온 몸이 멍투성이였다.

흥부는 '그래도 여기까지 왔으니 형수 얼굴이나 보고 가야겠다.' 생각하고 엉금엉금 기어 부엌까지 갔다.

마침 형수는 밥을 푸고 있었는데 흥부는 밥 냄새를 맡자 오장이 뒤집혀 매맞은 것은 까맣게 잊고 부엌으로 뛰어들었다.

"애고, 형수씨. 밥 한 술만 주십시오. 벌써 사흘을 굶었습니다."

그런데 형수 또한 몹쓸 인간이라 와락 돌아서며

"남녀가 유별한데 어디를 들어오노?"

하며 밥 푸는 주걱으로 흥부의 마른 뺨을 지끈 때렸다.

흥부가 너무 아파 그 뺨을 만졌는데, 밥알이 볼에 붙어 있는 것이었다.

흥부는 '옳다구나.' 하고 볼의 밥알을 연신 입으로 떼어 넣었다. 그리고는 다른 쪽 뺨을 내밀며,

> 섬 곡식 따위를 담기 위하여 짚으로 엮어 만든 그릇.
> 노적 곡식 따위를 한데에 쌓아둠. 또는 그런 물건.
> 벽력같이 매우 크고 우렁차게.
> 보릿자루 보리가 든 자루.
> 법고 불교 의식 때 부처 앞에서 치는 작은 북.
> 형수 형의 아내.
> 와락 생각이나 감정이 갑자기 솟구치거나 떠오르는 모양.

"아주머님은 빰을 쳐도 먹여 가며 치시니 너무너무 고맙습니다. 수고스럽지마는 이 빰마저 때려 주십시오. 밥 좀 많이 붙은 주걱으로요. 그 밥알은 가져다가 아이들 밥 구경이나 시키렵니다."

형수는 밥알이 아까워 이번에는 부지깽이로 흥부를 때리기 시작했다.

흥부는 매를 피해 놀부의 집에서 도망치듯 나왔다. ☆ 매우 인색하고 성질이 고약함 ☆

그리고 눈물을 쏟으며 비틀비틀 집으로 향했다.

집 앞에 닿으니 흥부 아내가 마중 나와 있었다.

"여보, 형제 간이 좋은 모양이에요. 큰댁에 가더니 술에 잔뜩 취해 오시네요."

흥부가 원래 우애가 지극한지라 차마 형님이 도끼자루로 때렸단 말을 할 수 없었다.

"큰댁에 가니 형님과 형수씨가 방 안으로 데려가 좋은 약주에, 더운 점심에, 돈 닷 냥, 쌀 서 말을 주셨소. 그런데 내가 큰 고개를 넘어오다

도적놈을 만나 그만 다 뺏기고 말았소.”

흥부 아내는 거짓말인 것을 눈치챘다.

“그런 거짓말은 안 하셔도 됩니다. 그나저나 얼굴은 왜 이 모양입니까?”

흥부는 그래도 형님이 때렸단 말은 않고,

가난한 사람을 다 구한다는 것은 나라의 힘으로도 어려운 일인데 하물며 개인의 힘으로 되겠느냐는 말

“여보, 슬퍼 마시오. 가난 구제는 나라에서도 못한다고 하였는데 형님인들 어찌 하시겠소? 형님댁에서 얻어 먹을 생각일랑 말고 우리 부부 오늘부터 열심히 품을 팔아 살아 봅시다.”

이후 흥부 부부는 방아 찧기, 술 거르기, 초상난 집 제복 짓기, 그릇 닦기, 떡 만들기, 무논 갈기, 나무 베기, 멍석 엮기, 이엉 엮기 등등 닥치는 대로 품을 팔았다. *품삯을 받고 일을 했다*

매품 팔기

그래도 굶기를 밥먹듯 하는지라, 어느 날 흥부는 관가에서 곡식을 좀 꾸어 먹으려고 읍내의 관가로 들어갔다.

이방이 흥부에게 넌지시 권했다.

“가난한 사람이 전국에 널려 곡식 꾸어 주기는 어려우니, 돈을 받고 매를 맞아 보는 건 어떻겠소?”

“매를 맞다니요?”

부지깽이 아궁이에 짚, 풀, 나무 등으로 불을 땔 때 불길이 잘 일어나도록 들썩이거나 헤치거나 하는 막대기.
마중 오는 사람을 나가 맞이함.
약주 약이 되는 재료를 넣어 만든 술.
구제 어려운 형편에 있는 사람을 도와줌.
무논 물이 차 있는 논. 또는, 물을 쉽게 댈 수 있는 논.
이엉 초가집의 지붕이나 담 위에 얹기 위해 짚이나 억새 등으로 엮어 만든 물건.
이방 각 지방 관아에 속한 육방 가운데 인사의 일을 맡아 보던 부서.

초등필수 단어장

"이 고을 김 부자가 감사또에게 잘못한 일이 있어 매를 맞게 되었소. 그래서 돈 삼십 냥에 대신 매 맞아 줄 사람을 구하고 있다오."

흥부는 솔깃하여,

"매는 얼마나 맞으면 됩니까?"

"한 삼십 대 될 터이지."

흥부는 얼른 승낙하고 노잣돈 닷 냥을 얻었다.

그리고는 쏜살같이 집으로 달려가 아내에게 소리쳤다.

"여보 마누라, 내가 읍내에 한번 꿈쩍하면 돈 삼십 냥이 우수수 쏟아진다. 마누라야, 거적문 열어라."

그리고는 마누라 앞에 돈 닷 냥을 내놓았다.

아내가 놀라,

"이 돈이 웬 돈인가요? 길에서 주웠나요? 길에서 주웠다면 돈 잃은 사람은 울고 있을 터, 어서 도로 갖다 주세요." *흥부 아내의 착한 성품이 드러남* ✦

흥부는 대신 매를 맞아 주기로 하고 노잣돈을 받았다고 사실대로 털어놓았다.

그러자 아내는,

"아이고, 그게 무슨 말입니까? 며칠 굶은 몸에 곤장까지 맞으면 몇 대 안 맞아 죽을 것입니다. 어서 가서 그 일 취소하고 오세요. 만약 꼭 가야 된다면, 나를 먼저 죽여 놓고 가십시오."

흥부는 아내를 달랬다.

"여보, 마누라. 아무 짝에도 쓸데없는 볼기짝, 매 삼십 대만 맞으면 돈 삼십 냥이 생기는데, 어찌 가지 말라 하오?"

흥부는 석 냥은 아내 주고 두 냥은 노잣돈으로 들고 감영으로 향했다.

며칠 후에 흥부는 감영에 닿아 사령들을 보고 말했다.

"여보시오, 나는 우리 마을 김 부자 대신으로 매 맞으러 온 사람이오. 어서 매를 쳐 주시오."

사령들은 모두 흥부를 딱하게 여겼다.

"오죽 살기 힘들면 돈 몇 푼에 대신 매를 맞으러 왔을까?"

"불쌍하니 살살 칩시다."

그런데 바로 그 때 나라에서 영이 내렸다.

"각 도, 각 읍 죄인 중에 살인 죄인 외에는 모두 풀어 주어라."

도사령이 흥부에게 와서,

"여보시오. 일이 잘 되었소. 매 맞지 않아도 되겠소. 그냥 돌아가시오."

흥부는 오히려 낙담하여 집으로 돌아왔는데 김 부자가 흥부를 찾아왔다.

"자네 형편이 어려워 잘 먹지도 못 했을 텐데, 곤장 삼십 대를 맞고 어찌 멀쩡하게 돌아왔나?"

흥부는 돈을 받아 먹으려고 거짓말을 하려다 마음에 걸려 사실대로 말했다.

김 부자는 가지고 있던 돈 일곱 냥을 흥부에게 주었다.

"매를 맞지 않았다니 삼십 냥을 다 줄 수는 없고, 이것이라도 받으시오." *곡식을 살 때에는 '팔다'라고 쓴다*

그 돈으로 흥부는 쌀 팔고 반찬 사서 며칠을 살았으나 돈 떨어지니 다시 굶기는 매한가지였다.

제비와 보은박

이렇듯 겨울을 보내고 춘삼월을 맞이했는데, 어느 날 강남서 온 제비가 부잣집 처마 다 버리고 흥부네 집 처마 밑에 집을 짓기 시작했다.

집을 다 짓고 난 뒤 알에서 첫 새끼들이 태어나 입을 쫑긋거리는데, 느닷없이 커다란 구렁이 한 마리가 나타나 제비집을 덮쳤다.

흥부 깜짝 놀라,

"이 흉악한 짐승아, 죄 없는 제비 새끼를 왜 잡아 먹으려고 하느냐?"

그리고는 칼을 들어 구렁이를 잡으려고 하는데, 제비 새끼 한 마리가 공중에서 툭 떨어지더니 피를 흘리면서 발발 떨었다. ☆ 심성이 착한 흥부가 다친 제비 새끼를 치료해 줌 ☆

흥부가 얼른 제비 새끼를 들어 올려 두 손으로 받쳐 들고 부러진 다리를 조기 껍질로 찬찬 싸매고 당사 실로 곱게 감아 주었다.

십여 일이 지나자 제비는 완전히 회복하여 날아 다녔다.

다음 해 봄에 제비는 입에 박씨 하나를 물고 다시 흥부네 집에 나타났다. 그리고는 흥부 앞에 박씨를 떨어뜨렸다.

흥부가 박씨를 주워 자세히 보니 한가운데 보은박이란 글씨가 쓰여 있었다.

흥부는 동편 울 아래 터를 닦고 박씨를 심었는데 이삼 일 지나자 싹이 나고 사오 일이 지나자 순이 벋어 마디마디 잎이 나더니, 줄기마다 꽃이 피어 박 네 통이 열렸다. ☆ 평범하지 않은 박임을 알 수 있다 ☆

이 때 어린 자식들이 소리쳤다.

"어머니, 배고파 죽겠어요. 밥 좀 줘요."

흥부 마누라가 목수네 집에 가서 톱 하나를 얻어 흥부에게 내밀었다.

"애들이 배고프다니 박이나 한 통 타서 박 속이나 지져 먹읍시다."

흥부가 박을 따서 놓고 먹줄을 반듯하게 그은 뒤에 톱을 잡고 켜기 시작했다.

"슬근슬근 톱질이야. 당기어 주소, 톱질이야. 가난타고 서러워 마소. 당기어 주소, 톱질이야."

이윽고 박을 다 탔는데 그 안에서 오색 구름이 일어나더니 ⊙청의 동자 한 쌍이 나왔다.

★ 푸른 옷을 입은 나이 어린 남자아이 ★

흥부 깜짝 놀라 눈을 커다랗게 떴다.

"이것이 웬일인고? 박 속에서 사람이 나오다니?"

청의 동자들은 각각 왼손에 술병을, 오른손에 큰 쟁반을 들고 있었는

초등필수
단•어장

처마 지붕이 벽의 바깥쪽으로 내민 부분.
쫑긋거리는데 입술이나 귀를 자꾸 빳빳하게 세우거나 뾰족이 내미는데.
구렁이 몸통이 굵고 동작이 매우 느린 큰 뱀.
흉악한 성격이나 하는 짓이 몹시 모질고 악독한.
찬찬 단단하게 여러 번 감거나 동여매는 모양.
당사 중국에서 나는 명주실.

데, 술병과 쟁반을 흥부에게 바치면서 말했다.

"은병에 넣은 것은 죽은 사람 혼을 불러 내는 환혼주요, 옥병에 넣은 것은 앞 못 보는 소경 눈 뜨는 개안주며, 쟁반에 있는 약초는 말 못 하는 사람 말하게 하는 능언초, 곱사등이와 반신불수 절로 낫는 소생초, 귀머거리 소리 듣는 총이초입니다. 이것을 팔면 수십만 냥 될 것이니 팔아서 쓰옵소서."

흥부는 너무 고마워 어떻게 박에서 나왔는지를 물으려고 했는데, 동자들은 이미 사라지고 없었다.

흥부는 너무 좋아 덩실덩실 춤추기 시작했다.

"얼씨구, 좋을시고, 지화자 좋을시고, 박 속을 먹으려다 복이 터졌구나."

흥부 아내도 흥분하여 소리쳤다.

"다른 박엔 무엇이 들었는지 어서 켜 봅시다."

흥부는 또 한 통을 따다가 켰는데, 속에서 온갖 물건이 다 나왔다.

장롱이며 이불이며 요며 책이며 문방구며 온갖 비단이며 피륙이며…… 없는 것이 없었다.

흥부 아내는 좋아하면서 이리 뛰고 저리 뛰었다.

흥부가 세 번째로 박을 타니 이번에는 속에서 온갖 보물이 쏟아져 나왔다.

황금, 백금, 오금, 천은, 밀화, 호박, 산호, 금패, 진주, 사향, 수은…….

흥부가 마지막 박을 탔더니 속에서 일등 목수들과 각색 곡식이 나왔다.

　목수 등은 우선 명당을 가려 터를 닦더니 집을 짓기 시작했다.

　안방, 대청, 행랑, 곳간을 다 짓고, 이어 앞뒤 동산에는 기이한 꽃과 화초들을 심고, 양지에는 방아를 걸고 음지에는 우물을 팠으며, 문전에는 버들을 심었다.

　이후 흥부는 처자식과 함께 고대광실에서 배 두드리며 살았다.

　　　　　　　　　　　　✦ 배불리 먹고 흐뭇하며 살았다 ✦

놀부의 패가망신

　이 소문은 곧 놀부에게 들어갔다.

　　　　　　　　　　　✦ 남이 잘 되는 것을
　　　　　　　　　　　　보지 못하는 놀부의 못된 심보 ✦

　"이 놈이 도적질을 하였나? 별안간에 부자가 되었다니 내 가서 윽박질러 재산 반은 빼앗으리라."

　놀부는 벼락같이 흥부네 집으로 달려갔는데, 고대광실 높은 집에 네 귀마다 풍경이 달려 그 소리가 은은하게 들려 왔다.

　이를 본 놀부는 심술이 솟아 올라 벼락같이 소리를 질렀다.

　"네 이 놈, 흥부야!"

　흥부가 나타나자 놀부는 대뜸 호통을 쳤다.

　　　　✦ 도둑질을 한다는 의미 ✦

　"네 이 놈. 네가 요사이 밤이슬을 맞고 다닌다고 하더니 사실이구나."

　"형님, 그게 무슨 말씀이십니까? 제가 아무려면 도적질을 하겠습니까?"

문방구　종이나 먹, 붓, 펜, 연필 따위의 글을 쓰거나 사무를 보는 데 필요한 기구.
피륙　아직 끊지 않은 베, 무명, 비단 등의 천의 총칭.
호박　나무의 진 등이 땅속에 묻혀 굳어진 누런빛의 광물.
명당　집안이나 자손이 잘 되게 한다는 아주 좋은 집터나 무덤의 자리.
방아　곡식을 찧거나 빻는 기구.
고대광실　굉장히 크고 좋은 집.
윽박질러　기가 꺾이도록 심하게 꾸짖거나 다그쳐.
풍경　건물의 처마 끝에 다는 작은 종.

오드필수
단·어장

흥부는 어찌 하여 부자가 되었는지 세세히 놀부에게 고했다.

그러자 놀부는 집 구경을 시켜 달라 했고, 흥부가 집 구경을 시켜 주는데, 놀부가 휘황찬란한 장 하나를 가리키며 물었다.

"저 장 이름은 무엇이냐?"

"화초장올시다."

"네게 저런 좋은 장은 당치도 않다. 내게 보내거라."

"에그, 손도 대 보지 않은 새 것인데요."

"압다, 이 놈아, 내 것이 내 것이고 네 것은 내 것 아니냐? 그러니 보내거라. 안 보내면 네 집에 불을 싸지를 테다."

"그럼 하인 시켜 보내겠습니다."

"네 놈에게 무슨 하인이 있으리오? 이리 내놓아라. 내가 질빵 걸어지고 직접 가져 가겠다."

흥부가 질빵을 걸어 주니 놀부는 웃옷을 벗어 척척 접어 장 위에다 얹었다. 그리고는 장을 짊어지고 제 집으로 향했다.

길에서 놀부는 장 이름을 잊을까 하여 '화초장, 화초장…….' 하고 중얼거리며 걸어갔는데 개천을 건너다가 그만 이름을 까먹고 말았다.

"아차, 무슨 장이더라? 간장, 초장, 송장도 아니고…….."

이윽고 집에 도착했는데 아내가 장을 보고 말했다.

"저 건너 양반 댁에 저런 장이 있는데 화초장이라 하더이다. 근데 이렇게 좋은 것을 어디서 가져왔습니까?"

놀부가 대답했다.

휘황찬란한　눈부시게 빛나는.
화초장　꽃과 풀, 나무로 장식한 옷장.
질빵　짐을 지는 데 쓰는 줄.
개천　사람들이 쓰고 버린 물이 흐르는 그리 깨끗하지 않은 내.

"아이고, 분하여라. 흥부 놈이 제비 다리 고쳐 주고 부자가 되었다네."

"그럼 우리도 제비 다리 고쳐 주고 부자 되면 될 것 아닙니까?"

그리하여 놀부는 동지섣달부터 제비 오기를 손꼽아 기다렸다.

드디어 삼월이 되자 수많은 제비 중에 팔자 사나운 제비 하나가 놀부 집에 이르러 집을 짓고 알을 몇 개 낳았다.

그런데 다른 알은 다 곯고 다만 한 개가 남아 새끼가 태어났는데, 얼마 후에 그 새끼가 나는 연습을 시작했다.

"이제 커다란 구렁이가 나타나야 되는데……."

놀부는 구렁이 나타나기를 기다렸으나 아무리 기다려도 나타나자 않자 제가 제비 새끼를 잡아 내려 두 발목을 지끈둥 분질렀다.

그리고는 일부러 깜짝 놀란 듯이,   ✳ 잔인한 행동을 서슴지 않는 놀부 ✳

"불쌍하다, 제비야, 어떤 몹쓸 구렁이가 네 다리를 분질렀노?"

놀부는 흥부와 같이 조기 껍질로 부러진 다리를 싸고 튼튼한 실로 찬찬 동여 놓았다.

그 제비 간신히 살아나서 9월 9일이 되자 놀부 집을 떠나 갔는데, 이듬해 삼월이 되자 과연 박씨를 하나 물고 와 놀부 앞에 떨어뜨렸다.

놀부는 기뻐하고 동편 처마 아래 거름을 놓고 심었는데 사오 일이 지나자 박나무가 나더니 그 날로 순이 돋고 삼 일 만에 덩굴이 벋었다.

그리고 얼마 후에 박 열 통이 백운대 돌 바위같이 줄레줄레 열렸다.

놀부 기뻐하여,

"흥부는 박 네 통을 가지고 부자가 되었는데, 우리는 박이 열 통이니 이 박을 다 타게 되면 임금님도 부럽지 않을 거야."

드디어 놀부는 삯꾼까지 얻어 박을 타기 시작했다.

"슬근슬근 톱질이야, 흘근흘근 톱질이야."

드디어 박을 다 탔는데 속에서 늙은 양반, 젊은 양반, 새서방님, 도련님 등이 꾸역꾸역 나왔다.

놀부 기가 막혀,

"어디로 백일장 보러 가시오? 웬 양반들이 이렇게 많이 나오시오?"

늙은 양반이 종 문서를 보여 주며 호통쳤다.

"네 이놈, 놀부야. 네 아비와 네 어미가 우리 집에서 종살이를 하다가 도망쳤는데 찾아 다니기 수십 년 만에 이제 겨우 찾았구나. 네 아비 어미 몸값이 삼천 냥이니 어서 내놓아라!"

놀부 할 수 없이 삼천 냥을 내놓았다. 그러자 생원은

"이 돈, 용돈으로 쓰다가 떨어지면 다시 오마."

라고 하더니 박 속에서 나온 사람들과 함께 어딘가로 사라졌다.

놀부 아내는 탄식했다.

"여보, 이제 더 이상 박 타지 마십시다. 첫 통에 보물은커녕 빚쟁이가 아닙니까?"

놀부가 말했다.

"흥부네도 첫 통엔 양반들이 나왔을 것이오."

놀부는 다시 삯꾼을 시켜 두 번째 박을 타게 했다.

그런데 이번에는 속에서 가야금, 징, 꽹과리를 든 사람 수십 명이 우르르 나왔다.

초드필수
딸·힘짱

동지섣달 동짓달과 섣달. 음력 11월과 12월.
곯고 속이 상하여 못 먹게 되고.
지끈동 크고 단단한 물건이 갑자기 부러지거나 깨지는 소리 또는 모양.
순 나무의 가지나 풀의 줄기에서 새로 돋아 나온 싹.
삯꾼 삯을 받고 일하는 일꾼.
백일장 조선 시대에, 선비들의 학업을 권장하기 위하여 각 지방에서 베풀던 시문 짓기 시험.
생원 지난날, 나이 많은 선비를 대접하여 이르는 말.
탄식했다 근심이나 슬픔으로 한숨을 내쉬었다.

"우리는 놀부가 인심 좋단 말을 듣고 왔으니 한바탕 놀고 가세. 행하는 자연 후히 줄 터이니."

사람들은 둥덩둥덩 사면으로 뛰놀고 함부로 욕을 하며 '쌀 섬을 내놓아라', '돈 백 냥을 내놓아라', '술밥을 내놓아라' 하고 정신없이 소리쳤다.

놀부는 일찍 쫓아내는 것이 상책이라 생각하고 돈 백 냥에 쌀 한 섬을 주어 내보냈다.

세 번째 박에서는 노승과 함께 상좌 중 수십 명이 바라, 북 등을 들고 나와 눈을 부릅뜨고 윽박질렀다.

"이 놈, 놀부야. 우리 스승님이 네 집을 위하여 사십구 일을 정성 들여 재를 올릴 것이니 돈 오천 냥을 어서 바치거라!"

놀부가 물었다.

"내 집을 위하여 무슨 재를 한단 말요?"

노승이 소리쳤다.

"네 턱없이 많은 재물을 바라는데 부처님께 재도 아니 올리고 어떻게 얻겠느냐?"

놀부는 다음 박에는 재물이 나올까 하고 돈 오천 냥을 노승에게 바쳤다.

그리고 다시 박을 탔는데, 박 속에서 울음소리 요란한 상여 한 채와 상제 다섯 명이 나왔다.

상제들은 상여를 놀부 집 마당에 내려놓고,

"우리는 네 집터에 산소를 모시고자 왔으니 바삐 집을 헐고 논과 밭은 있는 대로 팔거라. 그게 싫으면 돈 만 냥만 다오. 상여를 도로 메고 가마. 안 그러면 아무리 박을 타도 보물을 얻지 못할 것이다."

놀부 그 말이 옳은 듯하여 급히 논밭을 팔아 돈 만 냥을 내 주었다.

상여꾼들이 상여를 메고 갔다.

놀부 그들을 따라가며,

"여보시오, 다른 통에 보물 있는 것은 확실하오?"

상제가 일러주었다.

"어느 통에 들었는지 모르나 속에 누런 것이 한 통 들기는 들었소."

놀부는 '그게 금이다' 생각하고 박 한 통을 따서 다시 켜게 했는데 이
번에는 속에서 팔도 무당들이 뭉게뭉게 나오더니 징과 북을 두드리며
춤을 추고 소리를 지르는 등 한바탕 난리를 피웠다.

그러더니 갑자기 한 무당이 장구통을 들어 놀부의 가슴과 배를 벼락
같이 내려 쳤는데, 놀부 눈에서 번갯불이 번쩍했다.

놀부는 분하여 소리쳤다.

"이 무슨 일이오? 맞아 죽더라도 무슨
죄인지 알고나 죽읍시다!"

무당이 말했다.

"우리가 네 집을 위하여 굿을 많이 하였
으니 돈 오천 냥을 바치거라. 안 그러면 네
집엔 귀신들이 몰려 와 바글거릴 것이다."

놀부는 겁을 내어 오천 냥을 바쳤다.

그리고 다른 박을 차례차례 또 타 보았
으나 나오라는 보물은 안 나오고 왈자패,

행하 놀이가 끝난 뒤에 기생이나 광대에
게 주던 보수.
사면 앞뒤와 좌우의 모든 방향.
상책 어떤 일을 이루는 가장 좋은 방법.
바라 소라고둥의 껍데기로 만든 악기.
재 명복을 비는 불공.
상여 장례 때 여럿이 메어 시체를 묘지까
지 운반할 수 있도록 만든 기구.
상제 부모나 조부모가 죽어서 상중에 있
는 사람.
헐고 집이나 쌓은 물건을 쓰러뜨리거나
무너뜨리고.
팔도 조선 시대에, 전국의 행정 구역을
여덟 개의 도로 나눈 것을 이르던 말. 경기
도, 충청도, 경상도, 전라도, 강원도, 황해
도, 평안도, 함경도.

소경 등이 나와 놀부 돈만 뜯어갔다.

그리하여 마침내 놀부는 돈 한 푼 없는 빈털터리가 되고 말았다.

마지막으로 박 하나가 남아 마저 타 보는데 속에 무엇이 들어 있나 궁금하여 중간에 놀부가 안을 슬쩍 들여다보았다.

속이 온통 싯누랬다.

"그럼 그렇지. 여보 마누라, 이 박 속 좀 들여다보구려. 저 누런 것이 황금이 틀림없소."

놀부 아내가 안을 들여다보고 나서 얼굴을 찌푸리며 말했다.

"누른 것을 보니 금인가 싶습니다만, 구린내가 물큰물큰 나니 그것이 무슨 일인지 모르겠어요."

"박이란 더 익고 덜 익은 것이 있는데 이 박은 너무 많이 익어 냄새가 나는 것이오. 어서 바삐 타 봅시다."

박을 거의 다 탔는데, 놀부 부부는 궁금증을 이기지 못하여 다시 안을 들여다보았다.

바로 그 때, 박 속에서 모진 바람이 일어나고 벼락 치는 소리가 나더니 똥물이 분수처럼 솟구쳐 올랐다. 놀부 부부는 그 솟아 오르는 똥물에 놀라 그만 뒤로 나동그라졌다. 그런데도 똥물은 산을 밀치고 바다를

알고 나면 더 재밌어요!

흥부전의 해학
작품 곳곳에 웃음을 유발하는 요소가 많다. 흥부와 놀부 모두 우스꽝스럽고 과장되게 표현되었다.

메울 듯한 기세로 계속 치솟기만 했다. 잠시 뒤에 놀부네 집 안팎은 온통 똥으로 가득해졌다.

싯누랬다 ‧ 매우 누랬다.

놀부 부부는 온 몸이 똥투성이가 된 채 집을 버리고 달아나기 시작했는데, 달아나다 뒤돌아보니 집이 똥물 속에 온통 잠겨 있었다.

놀부는 기가 막혀 발을 동동 굴렀다.

"여보 마누라, 이 노릇을 어찌 한단 말이오? 큰 재물을 얻겠다고 있

는 재산 탕진하고 지금은 똥물 때문에 옷 한 벌 제대로 건진 것이 없으니 장차 어린 자식들과 무얼 먹고 살아 간단 말이오?"

놀부 아내 역시 기가 막혀 대꾸조차 못했다.

나중에 흥부는 놀부가 집안 재산 다 날리고 알거지 되었다는 말을 듣고 크게 놀라 놀부에게로 달려왔다. 그리고는 놀부 부부와 조카를 제 집으로 데려왔다.

흥부는 곧 좋은 터를 정하여 놀부에게 집을 지어 주고 재산도 나누어 주었다.

놀부는 흥부의 착한 마음에 감동하여 전날의 죄를 뉘우쳤으며 이후 형제는 서로 사이좋게 살았다.

탕진하고 재물 따위를 다 써서 없애 버리고.
장차 다가올 미래에.
대꾸 남이 하는 말에 대해 짧게 대답함.
알거지 갑자기 모든 재산을 잃어버린 사람.

재미있게 짧은 글 짓기를 해 보아요

1 우애 :

2 유산 :

3 눈물 :

4 재물 :

재미있게 긴 글 짓기를 해 보아요

다음 단어들을 사용하여 글을 지어 보세요(본문을 참고하세요).

1 흥부, 효성, 형제, 우애, 놀부, 손톱, 괴상 :

2 얼른, 새끼, 부러진 다리, 조기 껍질, 당사 실 :

이해력을 길러요

빈칸에 알맞은 단어를 넣어 보세요.

(상여, 마루, 섬, 집터, 벼, 헐고, 도로, 괘, 산소, 보물)

1 쌀이 있다 한들 너 주자고 　　　　 을 헐며, 　　　　 가 있다 한들 너 주자고 노적 헐며, 돈이 있다 한들 너 주자고 　　　　 를 헐며, 찬밥이라도 주자 한들 너 주자고 　　　　 아래 청삽살이를 굶기겠느냐?

2 상제들은 　　　　 를 놀부집 마당에 내려놓고, "우리는 네 　　　　 에 　　　　 를 모시고자 왔으니 바삐 집을 　　　　 논과 밭은 있는 대로 팔거라. 그게 싫으면 돈만 냥만 다오. 상여를 　　　　 메고 가마. 안 그러면 아무리 박을 타도 　　　　 을 얻지 못할 것이다."

 사고력을 길러요

1 놀부는 어떻게 부자가 되었을까요?

2 내가 놀부라면 아우인 흥부를 어떻게 대했을까요?

3 길에서 다친 제비를 보았다면 나는 어떻게 했을까요?

4 만약 제비가 박씨를 물고 오지 않았더라면 나는 어떻게 가난을 헤쳐 나가야 할까요?

5 누군가 내게 꼭 필요한 돈을 준다면 나는 대신 매를 맞을 수 있을까요?

6 만약 갑자기 집이 가난해진다면 나는 어떻게 해야 할까요?

논리력을 길러요

1 놀부는 어떻게 부자가 되었나요?

2 놀부는 왜 흥부를 쫓아냈나요?

3 흥부는 왜 가난뱅이가 되었나요?

다 했으면 간식먹고 힘내자!!

옹고집전

읽기 전에 줄거리부터

옹고집은 성격이 괴팍하고 인색했으며 재물이 많았으나 병든 노모에게 약 한 첩 지어 주지 않고 냉돌방에 두는 불효자였습니다. 또한 불교를 깔보아 중들만 나타나면 귀를 뚫고 침을 놓는 등의 못된 짓으로 괴롭혔습니다.

월출사의 학 대사는 옹고집을 뉘우치게 하기 위해 가짜 옹고집을 만들어 옹고집의 집으로 보냈습니다. 가짜 옹고집은 진짜 옹고집과 아옹다옹 다투다가 결국 원님에게 송사하여 진짜 옹고집을 마을 밖으로 쫓아냈습니다.

이후 진짜 옹고집은 이리저리 떠돌다가 병까지 얻어 마침내 스스로 목숨을 끊으려고 깊은 산중으로 들어갔습니다. 산중에서 자신을 꾸짖는 도사를 만나게 되는데 살려 달라 애걸복걸하여 부적을 하나 얻어 집으로 돌아갔습니다. 그러나 가짜 옹가는 이미 사라지고 그 사이에 낳은 자식들도 다 허수아비로 변했습니다.

이후 옹고집은 마음을 고쳐 먹고 착한 일을 많이 하여 사람들의 칭송을 듣게 됩니다.

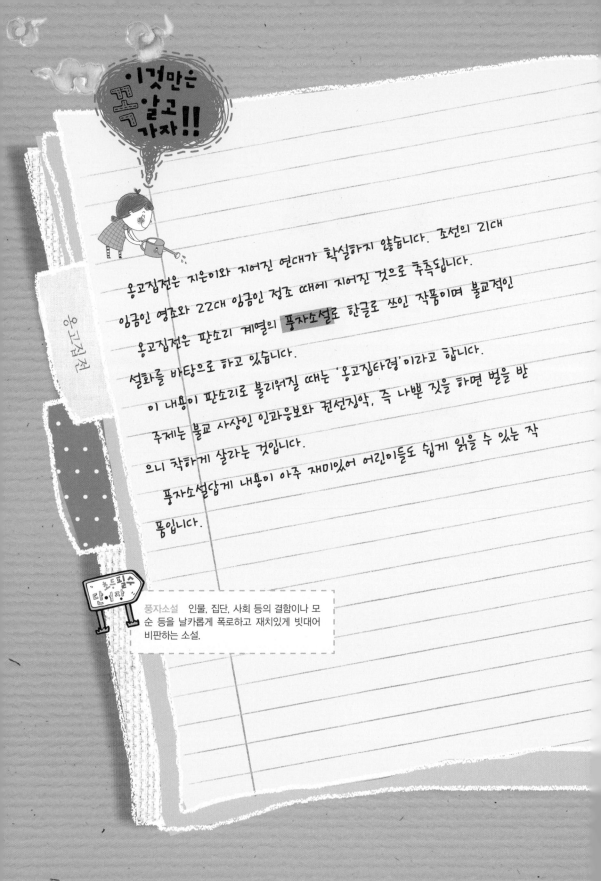

옹고집전

옹고집전은 지은이와 지어진 연대가 확실하지 않습니다. 조선의 21대 임금인 영조와 22대 임금인 정조 때에 지어진 것으로 추측됩니다.

옹고집전은 판소리 계열의 풍자소설로 한글로 쓰인 작품이며 불교적인 설화를 바탕으로 하고 있습니다.

이 내용이 판소리로 불리워질 때는 '옹고집타령'이라고 합니다.

주제는 불교 사상인 인과응보와 권선징악, 즉 나쁜 짓을 하면 벌을 받으니 착하게 살라는 것입니다.

풍자소설답게 내용이 아주 재미있어 어린이들도 쉽게 읽을 수 있는 작품입니다.

초등필수 단어장

풍자소설　인물, 집단, 사회 등의 결함이나 모순 등을 날카롭게 폭로하고 재치있게 빗대어 비판하는 소설.

옹고집전

천하 불효 옹고집

옹달샘과 옹달못이 있는 옹진골에 성이 옹이요, 이름이 고집이라는 사람이 있었다.

고집은 심술 사납고 인색해서 모든 일을 고집 하나로 버텼다.

재산은 무척 많아 갑부 소리를 들었지만 병들어 누워 있는 팔십 노모에게 닭 한 마리, 약 한 첩도 지어 주지 않았다.

남들 입에 오르내리는 것을 피하기 위해 겨우 아침, 저녁 죽을 끓여 주는 정도였고 겨울이 되어도 방에 군불조차 때 주지 않았다.

차가운 방에 홀로 누운 노모는 어느 날, 고집을 불러 놓고 서럽게 울며 말했다.

> 인색해서 돈이나 물건을 지나치게 아껴 베푸는 마음이 없어.
> 노모 늙은 어머니.
> 군불 우리나라 재래식 주택에서, 밥을 짓기 위해서가 아니라 방을 덥게 하려고 아궁이에 때는 불.
>
> 초등필수 단어장

"내 너를 낳은 뒤에 애지중지 보살피며 '은자동아, 금자동아, 고이 기른 백옥동아, 천지만물 일월동아, 나라 사랑 간간동아, 땅같이 너르거라, 하늘같이 어질거라. 금을 준들 너를 사며 은을 준들 너를 사랴?'라고 노래하며 길렀는데, 네 어찌 어미 공을 모른단 말이냐?"

불효 막심 고집이는 이렇게 대구했다.

"옛 성현들은 '사람이 칠십까지 살면 오래 산다'라고 했는데, 어머니는 팔십이나 되었으니 그 누가 빨리 죽었다 하겠어요?"

아들의 심통에 노모는 그저 한숨 쉴 뿐이었다.

고집이는 또한 불교를 깔보아 중만 보면 다짜고짜 잡아다가 팔다리를 묶은 뒤에 귀를 뚫고 어깨에 침을 놓았으며, 마지막엔 휘휘 돌려 마을 밖으로 내던졌다.

그 때문에 옹가 집 근처에는 동냥중조차 얼씬거리지 않았다.

저 멀리 월출사에 학 대사가 있었는데 술법이 뛰어나 귀신도 감히 흉내낼 수 없는 정도였다.

어느 날 학 대사가 고집의 소문을 듣고 옹고집을 만나러 나섰다.

하루 해 서산에 걸려 노을 지는 석양녘에 옹진골에 도착하니 고래등 같은 기와집이 눈에 띄었다.

'저 집이 바로 옹고집의 집이렷다.'

학 대사는 그 집 앞으로 가서 목탁을 두드리며 염불을 외웠다.

"천수천안 관자재보살, 시주 많이 하시오면 극락 세계 가오리다. 아미타불 관세음보살."

알고 나면 더 재있어요!

옹고집의 성격

옹고집은 불효 막심하며 악한 심성을 갖고 있었는데, 후에 잘못을 깨닫고 착한 사람으로 변화하는 입체적 인물이다.

중대문에 기대 서서 이 모양을 보던 할미 종이 넌지시 다가와,

"스님, 소문도 못 들으셨소? 우리 댁 주인 어른이 듣는 날엔 동냥은 커녕 귀 뚫리고 내던져질 것이니 어서 도망가시오."

학 대사는 빙그레 웃으면서,

"악을 쌓는 집엔 반드시 재앙이 있고 선을 쌓는 집엔 반드시 경사가 있다 하였습니다. 소승은 영암 월출봉 취암사에 기거하는데, 법당이 오래되어 낡았기로 천리 길을 멀다 않고 귀댁에 왔으니 주인에게 '황금 일천 냥만 시주하라.' 권해 주십시오."

바로 그 때, 옹고집이 잠에서 깨어 몸을 일으키고 밀 창문을 드르륵 밀치면서 소리쳤다.

"밖이 어찌 그리 소란하냐?"

종이 조심조심 나아가 여쭈었다.

"대문 앞에 웬 중이 와서 동냥을 달라 합니다."

옹고집 발끈 화를 내어 대문으로 달려가서 성난 눈알을 부라리며 소리쳤다.

"괘씸하다, 이 중놈아. 나더러 시주를 하라고?"

학 대사는 합장한 채 절하며 대답했다.

"황금 일천 냥만 시주하시면 소승이 절에 가서 옹 좌수님 소원 이뤄 달라 빌어 드리겠습니다."

옹고집이 한 걸음 앞으로 내달으며 쏘아붙였다.

초등필수
단어장

애지중지 사람이나 동물, 물건을 매우 사랑하고 소중히 여김.
동냥중 집집마다 동냥을 다니는 중.
시주 절이나 승려에게 물건을 바치는 일.
중대문 대문 안에 또 세운 문.
귀댁 상대편을 높이어, 그의 집이나 가정을 이르는 말.
합장 불교에서 인사하거나 절을 할 때 두 손바닥을 마주 댐.

"허허, 거참, 네 놈 말이 가소롭다. 하늘이 만 백성을 만들어 낼 때 부유하고 가난한 사람, 귀하고 천한 사람, 자식 있는 사람과 없는 사람, 복 있는 사람과 없는 사람을 저마다 가려서 냈는데, 네 말대로 한다면 이 세상에 가난할 이 뉘 있으며 자식 없는 이 뉘 있겠느냐? 네가 바로 땡초로다. 땡초 아니라면 내 관상이나 한번 보아 다오."

학 대사 옹고집의 얼굴을 한번 쓰윽 훑더니 말했다.

"좌수님은 눈썹이 길고 미간이 넓으니 이름을 드날리겠으나 얼굴이 좁으니 남의 말을 못 믿고, 손발이 작으니 비명횡사할 듯도 하고, 말년에는 몹쓸 병을 얻어 고생하다 죽을 듯하오."

학 대사의 말이 끝나기가 무섭게 옹고집은 화가 머리끝까지 치솟아 소리쳤다.

"여봐라, 돌쇠, 몽치, 깡쇠야, 저 중놈을 어서 잡아 오너라."

종들이 한꺼번에 달려들어 학 대사의 양 팔을 잡고 굴갓을 벗겨 던진 뒤에 휘휘 돌려 뜨락 위로 내동댕이치니 옹고집이 다시 호령했다.

"이 미련한 중놈아, 들어 봐라. 불도를 핑계하여 남의 재산을 턱없이 달라 하니 너 같은 놈을 내 어찌 그냥 두랴?"

옹고집은 종들에게 호령하여 꼬챙이로 귀를 뚫고 곤장 사십 대를 호되게 때려서 내쫓았다.

그러나 학 대사는 술법이 뛰어난지라 끄떡없이 돌아서서 절로 돌아왔다.

가짜 옹고집

돌아온 뒤에 학 대사는 짚단으로 허수아비를 만들고 그 이마에 부적을 써 붙였다.

그러자 허수아비는 금방 옹고집으로 변하여 산을 내려가 옹가의 집에 이르러서는 사랑방에 턱하니 들어 앉았다.

그리고는 종들에게 소리쳤다.

"여봐라, 늙은 종 돌쇠야, 젊은 종 몽치, 깡쇠야, 어찌 그리 방자하고 게으르냐? 놀지 말고 일하거라!"

바로 그때 진짜 옹가가 집 안으로 들어섰다.

"어떤 손님이 왔기에 이처럼 사랑채가 시끄

관상   얼굴 생김새를 보고 그 사람의 운명이나 성격 등을 알아내는 일.
미간   양쪽 눈썹의 사이.
비명횡사   뜻밖의 사고나 재난 등으로 죽음.
부적   (잡귀를 쫓고 재앙을 물리치기 위하여) 붉은색으로 글자나 그림을 그린 종이.
사랑방   한옥에서, 바깥주인이 거처하며 남자 손님을 접대하는 용도로 사용하는 안채와 떨어져 있는 방.
방자하고   조심하거나 삼가는 태도가 없이 무례하며 건방지고.

럽냐?"

가짜 옹가가 그 말을 듣고 오히려 소리쳤다.

"그대는 대체 누구길래 예의도 없이 남의 집에 들어와 주인 행세하느냐?"

진짜 옹가가 가짜 옹가를 보고 놀라고 당황하여 어쩔 줄 모르다가 성을 버럭 내어,

"네 놈이 나의 재산 많은 것을 알고 재산을 빼앗고자 집안으로 당돌하게 들어왔구나. 하지만, 순순히 당할 내가 아니다. 여봐라, 깡쇠야, 몽치야, 이 놈을 잡아 내라!"

노복들은 얼이 빠져 잡아 낼 생각도 못하고 두 옹을 번갈아 보는데 두 옹이 조금도 다르지 않았다.

노복 하나가 안채로 들어가 주인 마님께 여쭈었다.

"마님, 괴변이 났습니다. 우리 댁 좌수님이 둘이 되었습니다."

이 말 들은 마님은 크게 놀라서,

"애고애고, 그게 웬 말이냐? 좌수님이 중만 보면 그 자리에 묶어 놓고 별난 형벌 마구 하더니 부처님 노하신 게 분명하다. 사람 힘으로 어찌 하랴?"

마님이 대성통곡하다가 춘단 어미를 불러 분부했다.

"어서 나가 진짜와 가짜를 가려 보거라."

춘단 어미는 사랑채로 바삐 나가 문틈으로 두 사람을 요리조리 살폈는데, 말투와 몸놀림이 똑같은 데다 이목구비도 똑같았다.

노복   늙은 남자 종.
대성통곡   큰 소리로 몹시 슬프게 욺.
분부했다   명령을 내렸다.
이목구비   귀, 눈, 입, 코를 중심으로 한 얼굴의 생김새.

68

춘단 어미는 기가 막혀 마님에게 돌아가 말했다.

"마님, 사랑채에 계신 두 좌수님 생김새며 몸놀림이 똑같으니 저는 도무지 가려 낼 길이 없었습니다."

마님이 갑자기 생각난 듯

"우리 좌수님 도포에는 불똥 떨어진 자국이 있으니 그것을 찾아 보면 쉽게 가릴 수 있을 것이다."

춘단 어미가 다시 사랑으로 나가 도포 자락을 보았으나 두 옹의 도포 자락에 있는 불똥도 똑같았다.

답답한 춘단 어미는 다시 안채로 뛰어들어,

"애고, 마님, 맞춘 듯이 똑같은 불구멍이 두 좌수께 다 있습니다. 마님께서 직접 나가서 알아보셔야 되겠습니다."

마님 얼굴이 흐려졌다.

"애고애고, 우리 둘이 만났을 때 '서산으로 지는 해를 긴 밧줄로 잡아 매고 영원복락 누리면서 살아서는 이별 말고 죽더라도 한날 한시에 죽자.' 하고 천지 신명께 맹세했는데, 내 이제 두 낭군을 섬기게 되었구나. 이 일을 어찌 할꼬?"

그러자 옆에 있던 며느리가,

"집안에 변이 생겼으니 이 몸이 나아가 밝히겠나이다."

며느리는 사랑으로 나아가 두 옹을 이리 보고 저리 보다가 공손히 여쭈었다.

"우리 아버님은 머리 위에 금이 있고 그 금 가운데 흰 머리가 있으니 머리를 내밀어 보십시오."

가짜 옹가는 요술을 부려 진짜 옹가 머리의 흰 털을 뽑아다가 제 머리에 붙여 놓고 며느리 앞으로 머리를 디밀었다.

며느리가 살펴보고,

"영락없는 우리 시아버님이에요."

진짜 옹가는 미칠 노릇이라 주먹 쥐고 가슴 치며 머리도 지끈 두드렸다.

"애고, 기막혀 나 죽겠네. 가짜 옹가 아비 삼고 진짜 옹가 구박하니 내 마음에 맺힌 설움 누구 보고 사정하랴?"

종놈들은 안 되겠다 싶어 남문 밖 활쏘는 곳으로 한 달음에 달려가 서방님을 찾았다.

"서방님, 어서 바삐 집으로 가셔야 되겠습니다. 큰 변괴가 났습니다. 우리 댁 좌수님이 둘이 되었습니다."

이 말을 들은 서방님은 깜짝 놀라 화살 전통을 둘러멘 채 허겁지겁 집에 와서 사랑으로 들어갔다.

그러자 가짜 옹가가 태연한 낯빛으로 먼저 나섰다.

"저 건너 최 서방이 소작료 열 냥 가져왔더냐? 네가 받았으면 그 돈 가운데 한 냥 내서 술 한 되 사 오너라. 원통하고 분통 터진다. 저 작자가 우리 재산 앗아 가려 하는구나."

진짜 옹가가 나앉으며 탄식했다.

"애고애고, 저 놈 보소. 내 할 말을 제가 하네."

도포 조선 시대에 선비들이 평상시에 입던 소매가 넓고 길이가 긴 겉옷.
불똥 불에 타고 있는 물체에서 튀어 나오는 작은 불덩이.
영락없는 조금도 어긋나지 않고 꼭 들어맞는.
변괴 이상하고 야릇한 일이나 사건.
태연한 태도나 표정이 흔들림이 없고 평상시와 같은.

아들놈도 어리둥절하여 이리저리 살펴보았으나 이도 같고 저도 같아 도무지 알 길이 없었다.

가짜 옹가는 앞으로 나앉으며 진짜 옹가의 아들 불러,

"너희 어머니께 알아보게 좀 나오라고 하여라. 집안에 이렇게 큰 변이 났는데 남녀라고 서로 피할 것이 뭐 있겠느냐?"

할 수 없이 마님까지 사랑채로 나왔는데 이번에도 가짜 옹가가 선수를 쳤다.

"여보, 임자, 내 말 한번 들어 보소. 우리 둘이 첫날밤 신방에 들었을 때 검은 머리 파뿌리 될 때까지 금실 좋게 살자고 맹세하지 않았소?"

옹가의 아내는 잠시 기억을 더듬었는데 맞는 말이라 가짜 옹가에게 "여보!" 하고 소리쳤다.

그러자 진짜 옹가는 기가 막혀 자기 가슴을 두 주먹으로 쾅쾅 쳤다.

마님이 그 모습을 보고 측은하여,

"두 분이 흡사하니 소첩이 어찌 알겠소? 애통하오, 애통하오."

바로 이 때 구불촌 김 별감이 찾아왔다.

"옹 좌수, 집에 있는가?"

가짜 옹가가 먼저 아는 체를 하였다.

"허허, 이거 김 별감 아닌가? 나는 오늘 집안에 변괴 있어 편치 못하네. 말투와 몸놀림이 똑같은 자가 들어와서 나라고 우기며 갖은 수작을 다 부리니 이런 변이 어디 있겠는가? 그의 아내는 알지 못하여도 벗은 알리라 하였으니, 자네, 저 가짜 좀 내쫓아 주게."

진짜 옹가는 이 말을 듣고 다시 자기 가슴을 쾅쾅 쳤다.

"애고애고, 저 놈 보소. 저가 난 체 태연히 들어 앉아 저와 같이 늘어 놓네. 이 천하에 나쁜 놈아, 네가 옹가냐? 내가 옹가지."

김 별감은 이리 보고 저리 보고 하다가 기가 막혀,

'옹'이라는 말을 반복하여 나열함으로써 우스운 느낌이 든다

"두 옹이 옹옹하니 이 옹이 저 옹 같고 저 옹이 이 옹 같아 도무지 알 수 없네. 관가에 가서 송사를 해보게나."

두 옹이 이 말을 옳게 여겨 서로 멱살을 잡고 관가로 달려가 사또에게 가려 달라 청했다. 사또가 형방에게 가릴 방법을 의논하니 형방이 아뢰었다.

"두 옹가의 호적이며 재산을 물어보시면 될 것입니다."

사또는 그 말을 옳게 여겨 호적색을 불러 앉혀 놓고 두 옹의 호적을 물었다.

진짜 옹가가 먼저 아뢰었다.

"소인의 부친 이름은 옹송이옵고, 할아버지는 만송입니다."

사또가 말했다.

"허, 그 놈의 호적 도무지 옹송망송하여 알 수 없구나. 다음 옹가 아뢰어라."

가짜 옹가가 입을 열었다.

"소인의 부친께서는 좌수를 지내셨는데, 백성들을 가련하게 여겨 도와주었기에 관내에서도 유명하며, 저는 옹돌면 제1호 유생이오, 나이는 37세, 아버님은 옹송이온데 절충장군이옵고 할아버지는 오위장

선수 남보다 앞질러 하는 행동.
신방 신랑, 신부가 결혼을 하고 첫날밤을 함께 지내는 방.
소첩 시집간 여자가 남편에게 자기를 낮추어 이르는 말.
애통하오 몹시 슬프고 가슴 아프오.
수작 엉큼한 속셈이나 교묘한 말, 행동을 얕잡는 뜻으로 이르는 말.
벗 마음이 서로 통하여 친하게 사귀는 사람.
송사 소송하는 일.
형방 지방 관아에서 법률, 소송 등에 관한 일을 맡아 보았던 부서.
유생 옛날에, 유교의 가르침을 받들고 유학을 공부하던 선비.

을 지내옵고, 고조부님은 맹송이오, 본은 해주이며, 아내는 진주 최씨요, 자식놈 이름은 골이며, 나이는 19세, 하인으로는 천비 소생 돌쇠가 있나이다. 소인의 재산은 논밭 합하여 이천백 석이요, 말은 여섯 필, 암수돼지 합하여 스물두 마리, 암수닭 합하여 육십여 마리, 가구며 그릇으로는 안성 방짜 유기 열 벌이오, 앞닫이 반닫이에 이층 장농, 화류문갑…….”

☆ 질좋은 놋쇠를 녹여 거푸집에 부은 다음 불에 달구어 가며 두드려 만든 놋그릇 ☆

사또는 다 듣고 나자

“그 옹가가 진짜 옹 좌수로다.”

하고 당상으로 올려 앉혔다.

가짜 옹가는 의기양양해져서 말했다.

“저 가짜가 또 무슨 일을 꾸밀지 모르니 단단히 혼내 주십시오.”

사또는 가짜 옹가에게,

“염려 말게. 내 처치하여 줌세.”

그리고 뜰 아래 꿇어 앉은 진짜 옹가에게 소리쳤다.

“네 놈은 몹쓸 인간으로서 엉큼한 뜻을 두고 남의 재산 빼앗고자 하였으니 마땅히 참할 것이나, 가볍게 처벌할 것이다.”

사령을 불러 장 삼십 대를 치게 한 뒤에

“네 이놈, 이래도 네가 옹가라 하겠는가?”

진짜 옹가는 만약 진짜라 했다가는 맞아 죽을 것만 같아

“예, 저는 옹가가 아닙니다. 가짜이옵니다.”

사또가 호령했다.

본 ‘본관’의 준말. 한 가계의 시조가 난 땅.
당상 대청의 위.
의기양양 뜻을 이루어 아주 자랑스러움.

"저 자의 머리채를 뒤흔들어 동네에서 내쫓아라!"

사령들이 한꺼번에 달려들어 옹가의 상투를 잡고 휘휘 둘러 동네 밖
으로 던져 버렸다.

답답하다 내 신세

진짜 옹가는 어쩔 수 없이 고향 산천을 뒤로 하고 동서남북 다니면서 빌어 먹게 되었다.

"답답하다, 내 신세야. 이것이 꿈이냐, 생시냐? 어찌 하면 좋단 말인가?"

무지막지한 옹고집은 어느덧 잘못을 뉘우치고 애통복통 탄식하여 말했다.

"나는 죽어 싼 놈이로다. 하지만 허허백발 우리 모친에게 효도 한번 하고 싶고, 백옥 같은 우리 아내와 백년해로하고 싶다. 애고애고, 나 죽네. 이 일이 필경 생시 아니로다. 아마도 꿈일 것이니 꿈이거든 어서 빨리 깨어나라."

이 때 가짜 옹가는 송사에 이기고 의기양양해서 집으로 들어섰다.

"얼씨구나, 좋을시고, 노랫가락, 좋을시고. 천하에 불측한 놈, 하마터면 고운 우리 마누라 빼앗길 뻔하였네."

온 집안 사람들은 송사에 이겼단 말을 듣고 반갑게 맞이했다.

아내는 벌떡 뛰어 내달으며,

"그래, 당신이 정말 송사에 이겼나이까?"

"허허, 그랬다네. 그 동안 별 일 없이 잘 있었는가? 재산은 둘째치고 하마터면 자네까지 잃을 뻔하였네. 사또께서 밝히 가려 주시어 자네 얼굴 다시 보니, 이런 경사 또 있겠는가?"

그 달 밤 옹가 아내가 꿈을 꾸었는데 하늘에서 웬 허수아비가 무수

★ 송사에 이긴 옹고집이 실은
가짜 옹고집임을 암시하는 꿈 ★

76

히 떨어져 내렸다. 그 때문에 퍼뜩 놀라 눈을 떴는데 한순간 짧은 꿈이었다.

가짜 옹가에게 꿈 이야기를 하니, 가짜 옹가가 고개를 끄덕이며,

"그 꿈은 틀림없이 태몽이오."

이후 열 달이 지나 옹가 아내가 자리에 누워 몸을 푸는데 진양 성안 논 봇물에 개구리 알을 까듯, 돼지가 새끼 낳듯, 수없이 퍼 낳았다.

한꺼번에 많은 수의 아기를 낳음. 매우 과장되어 있고 우스꽝스럽게 빗대었다

옹가 아내는 '자식 많아 좋을시고.' 노래하며 온갖 괴로움을 다 잊고 주렁주렁 길러 냈다.

한편 진짜 옹가는 이리저리 떠돌다 병까지 얻자 한 많은 세상 스스로 목숨을 끊어 하직하려고 깊은 산중으로 들어갔다.

그리고 죽을 자리를 찾으려고 이리저리 둘러보는데, 층암절벽 벼랑 위에 웬 백발 도사가 높이 앉아,

"이제 뉘우쳐도 어찌 할 수 없느니라. 하늘이 주신 죄일진대, 누구를 원망하며 누구를 탓하려 하느냐?"
라고 소리쳤다.

진짜 옹가 이 말 듣고 어찌 할 줄 몰라 하다가 '저 도사님이 날 구해 주실 분이다.'라고 생각하고 도사 앞에 급히 나아가 무수히 절을 하며 애원했다.

"소인의 죄 돌이켜 생각해 보면 천번 만번 죽어도 아깝지 않습니다. 그러나 도사

무지막지한 하는 짓이 매우 무지하고 상스럽고 우악스러운.
백년해로 부부가 되어 서로 사이 좋고 화락하게 함께 늙음.
불측한 마음보가 음흉한.
하마터면 일이 조금만 잘못되었더라면.
태몽 임신의 징조를 보여주는 꿈.
한 몹시 억울하거나 분하거나 슬프거나 원망스러워 응어리가 맺힌 마음.
하직 세상을 다 살아 죽음을 맞음.
층암절벽 높고 험한 바위가 겹겹이 쌓인 낭떠러지.
애원했다 소원이나 요구를 들어 달라고 간절히 사정하며 부탁했다.

님, 제발 살려 주십시오. 소인의 늙은 어머니, 어린 자식, 죽기 전에 한 번만 다시 보게 해주십시오. 이 소원 풀고 나면 언제 죽어도 한이 없을 것입니다."

그러자 백발 도사는,

"천지간에 불측한 놈아, 앞으로도 팔십 세 늙은 어머니 구박하여 불기 없는 냉돌 방에 두려느냐? 앞으로도 불도를 깔보고 중에게 못된 짓을 하려느냐? 너같이 천하에 흉측한 놈은 죽여 마땅하지만 가련하고 죄 없는 네 아내와 자식을 생각하여 풀어 주겠으니 돌아가면 마음을 고쳐 먹도록 하여라!"

라며 소리 높여 꾸짖은 뒤에 부적 하나를 써 주었다.

"이 부적 잘 간직하고 네 집에 돌아가면 괴이한 일 생기리라."

진짜 옹가가 문득 눈을 들어 바라보니 도사는 사라지고 깊은 산중에 혼자뿐이었다.

진짜 옹가는 발걸음을 재촉하여 고향으로 돌아왔는데 집안 뜰의 홍련화는 주인을 반기는 듯 활짝 웃고 있었다.

진짜 옹가는 집 안으로 성큼 들어서며 호통쳤다.

"가소롭도다, 가짜 옹가야. 이제 와서도 네가 진짜라고 우기겠느냐?"

그러자 늙은 하인이 깜짝 놀라 사랑방 문 앞으로 달려갔다.

"애고애고, 좌수님, 저 놈이 또 왔습

니다. 또 와서 진짜라고 난리치니 이 일을 어찌 하
면 좋겠습니까?"

그런데 방 안에 있던 가짜 옹가는 어
디론가 사라지고 난데없는 짚 한 단이 놓여
있을 따름이었다.

가짜 옹가의 무수한 자식들도 갑자기 허수
아비로 변하므로 온 집안이 그제서야 깨닫고
손뼉치며 크게 웃었다.

옹고집이 부인에게 말했다.

"여보, 마누라, 그 동안 허수아비 자식을 저렇게 무수히 많이 낳았으
니 그 놈과 더불어 얼마나 좋았는가? 한 상에서 밥도 같이 먹었는가?"

부인은 진짜 옹가를 맞이하여 반갑기는 하였으나 한편으로는 가짜
옹가와 같이 사이좋게 지낸 것을 몹시 부끄러워했다.

도승의 술법에 탄복한 옹고집은 그 후부터 어머니에게 지극 정성으
로 효도를 했고 불도를 공경했다.

또한 지난 잘못을 뉘우치고 새 사람이
되어 착한 일을 많이 했는데, 이후 세상
사람들은 입을 모아 옹고집의 착한 마음
을 칭송했다.

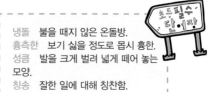

냉돌 불을 때지 않은 온돌방.
흉측한 보기 싫을 정도로 몹시 흉한.
성큼 발을 크게 벌려 넓게 떼어 놓는
모양.
칭송 잘한 일에 대해 칭찬함.

논술실력을 쑥쑥 올려줘요

재미있게 짧은 글 짓기를 해 보아요

1 심술 :

2 고집 :

3 구설 :

4 동냥 :

5 시주 :

6 허수아비 :

7 대성통곡 :

8 멱살 :

9 태몽 :

10 개과천선 :

재미있게 긴 글 짓기를 해 보아요

다음 단어들을 연결하여 글을 지어 보세요(본문을 참고하세요).

1 하루 해, 노을, 도착, 고래등, 기와집 :

2 악, 반드시, 재앙, 선, 경사 :

3 종, 호령, 꼬챙이, 귀, 곤장 :

4 가짜 옹가, 요술, 진짜 옹가, 흰 털, 머리 :

5 진짜 옹가, 이리저리, 병, 한, 목숨, 산중 :

빈칸에 알맞은 단어를 넣어 보세요.

(탄식, 재앙, 뚫고, 술법, 탄복, 지극, 공경, 자리, 경사, 도승, 벼랑, 어느덧, 호령, 호되게, 흉내)

1 저 멀리 월출사에 학 대사가 있었는데 [   ] 이 뛰어나 귀신도 감히 [   ] 낼 수 없는 정도였다.

2 악을 쌓는 집엔 반드시 [   ] 이 있고 선을 쌓는 집엔 반드시 [   ] 가 있다 하였습니다.

3 옹고집은 종들에게 [   ] 하여 꼬챙이로 귀를 [   ] 곤장 사십 대를 [   ] 때려서 내쫓았다.

4 무지막지한 옹고집은 [   ] 잘못을 뉘우치고 애통복통 [   ] 하여 말했다.

5 죽을 [   ] 를 찾으려고 이리저리 둘러보는데, 층암절벽 [   ] 위에 웬 백발 도사가 높이 앉아,

6 [   ] 의 술법에 [   ] 한 옹고집은 그 후부터 어머니에게 [   ] 정성으로 효도를 했고 불도를 [   ] 했다.

1 옹고집의 성격은 어떠한가요?

2 내가 고집의 어머니라면 고집을 어떻게 타이를까요?

3 내가 학 대사라면 옹고집을 어떻게 혼내고 싶은가요?

4 내가 원님이라면 어떻게 판결했을까요?

5 만약에 자신과 똑같은 가짜가 나타난다면 자신이 진짜임을 어떻게 밝힐까요?

논리력을 길러 보아요

1 옹고집은 왜 불교를 깔보았나요?

2 학 대사는 왜 가짜 옹고집을 만들었을까요?

3 진짜 옹고집은 왜 송사에서 졌을까요?

4 원님은 왜 잘못된 판결을 내렸을까요?

다 했으면 가시면극
힘 내자!!

박씨부인전

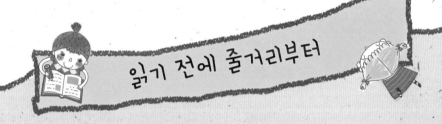

읽기 전에 줄거리부터

재상의 아들 시백은 금강산 사는 박 처사의 딸 박씨와 혼인했으나 박씨의 용모가 너무 추하여 미워하며 구박합니다.

그러나 박씨는 재주가 뛰어나서 하루 만에 조복을 짓는가 하면, 천리마의 망아지를 알아보고 미리 사서 많은 돈을 벌기도 합니다.

나중에 박씨는 허물을 벗고 본 모습을 찾아 절세 미인이 되는데, 시백은 그 동안 구박한 것을 후회하고 박씨에게, 잘못을 빌게 됩니다. 박씨는 시백의 잘못을 용서했으며 이후 부부는 화목하게 지냅니다.

이 때 중국에서 호적이 크게 일어나 조선으로 쳐들어 오는데, 간신 김자점 때문에 나라가 망하여 임금은 호적과 강화하게 됩니다.

박씨는 호 장군 골대를 죽이고 호적들을 혼내 주어 나라의 체면을 살립니다.

임금은 그런 박씨를 가상히 여겨 충렬정렬부인의 칭호를 내리고 이후 시백 부부는 부귀영화를 누리며 팔십여 세까지 장수하게 됩니다.

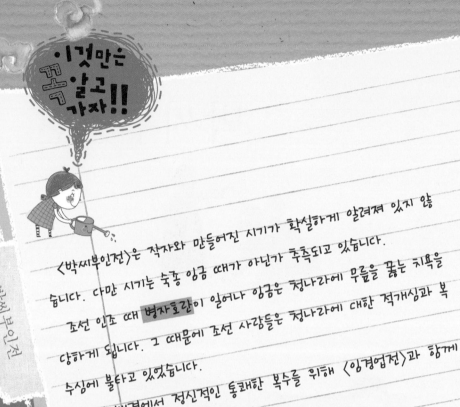

〈박씨부인전〉은 작자와 만들어진 시기가 확실하게 알려져 있지 않습니다. 다만 시기는 숙종 임금 때가 아닌가 추측되고 있습니다.

조선 인조 때 병자호란이 일어나 임금은 청나라에 무릎을 꿇는 치욕을 당하게 됩니다. 그 때문에 조선 사람들은 청나라에 대한 적개심과 복수심에 불타고 있었습니다.

이런 배경에서 정신적인 통쾌한 복수를 위해 〈임경업전〉과 함께 이 소설이 탄생했습니다.

이시백은 실존 인물이며 박씨는 가공의 인물입니다.

이 소설은 남존여비 사상이 지배하던 당시의 사회에서 규방의 부인을 내세워 갖가지 난국을 헤쳐 가게 하고 마침내 청나라 장수까지도 무릎꿇게 하는데, 이런 점으로 미루어보아 작자가 여자가 아닐까 추측되기도 합니다.

병자호란   조선 인조 때(1636)에 청나라가 침입해 온 난리.
실존 인물   실제로 역사에 존재한 사람.
남존여비 사상   남자는 높이 귀하게 여기고 여자는 낮추어 천하게 여기는 생각.

박씨부인전

신선의 딸

★ 서울의 옛 이름 ★

조선 인조 임금 때 한양성 안 북쪽 마을에 이귀라는 사람이 있었는데 전에 재상을 지내 이 공이라 불렸다.

이 공은 아들 하나를 두었는데 이름은 시백이며 나이는 서른다섯, 어릴 적부터 총명하고 영리하여 한 가지를 들으면 열 가지를 알았다.

한편 공은 바둑 두기와 퉁소 불기를 무척 좋아하여 때때로 금강산에 사는 박 처사와 퉁소를 불고 바둑을 두었다.

박 처사의 퉁소 솜씨는 보통 사람으로서는 흉내조차 낼 수 없는 지경이라 공은 박 처사를 금강산 신선쯤으로 생각하고 대했다.

어느 날 처사가 공에게 청했다.

퉁소 앞쪽에 구멍이 다섯 개, 뒤쪽에 한 개가 있고 굵은 대나무로 만든, 우리나라 고유의 관악기.

"상공께 귀한 아들이 있다고 들었는데 한번 보여 주시지요."

공이 허락하고 시백을 불러 인사를 시켰다.

처사는 시백을 보고 나서,

"아드님의 얼굴에서 만고 영웅의 기상이 느껴집니다. 제게 스물여덟이 된 딸이 하나 있는데 두 사람을 짝 지워 주는 것이 어떻겠습니까?"

공은 바로 승낙했고 처사는 혼인날을 잡았는데, 석 달 뒤였다.

공은 곧 부인에게 처사의 딸과 시백의 정혼을 알렸다.

부인은 크게 화를 내어,

"혼인은 인륜지대사인데 어찌 재상의 집에서 이름 없는 산중 처사와 혼약을 맺는단 말입니까?"

★ 사람이 살아가면서 지르는 큰 행사로, 혼인·장례 따위를 이름 ★

"처사는 보통 사람이 아니니 그 딸도 범상치 않을 것이오."

드디어 혼인날이 다가와 공은 시백과 함께 금강산으로 가서 시백과 처사의 딸을 혼인시켰다.

★ 딸의 외모를 보여주지 않으려고 일부러 술을 권함 ★

혼례식 뒤에 처사가 공과 시백에게 송화주를 권했는데 몇 잔 마시지도 않아 두 사람은 크게 취하여 그 자리에 쓰러져 잠이 들었다.

다음날 아침, 날이 밝아 일어났는데, 일어나기를 기다리고 있던 처사가 공에게 말했다.

"이곳은 산이 깊고 길이 너무 머니 이번 길에 딸자식을 데리고 가십시오."

공이 옳게 여겨 고개를 끄덕였고, 처사는 곧 길 떠날 차비를 하였다. 시백은 신부 얼굴을 보려 했으나 신부는 나삼으로 온몸을 가리고 있어 코끝조차 볼 수 없었다.

★ 얼굴이 조금도 보이지 않았다 ★

86

공은 서둘러 처사에게 작별 인사를 하고 며느리를 데리고 산을 내려
갔는데, 평지에 닿자마자 해가 져서 공은 일행과 함께 주막을 찾았다.

시백은 그제서야 신부의 얼굴을 볼 수 있었다.

"아이고, 저게 뭐야? 신선의 딸이라 해서 월궁
항아라 생각하고 기뻐했는데, 괴물이 아닌가? 박
박 얽은 얼굴에, 거칠고 더러운 때가 얽은 구멍
에 가득하며, 눈은 달팽이처럼 퀭하고, 코는 깊
산궁곡의 험악한 바위처럼 울퉁불퉁하고, 이마
는 너무 벗겨져 번들거리고, 키는 나무처럼 크
고, 팔은 저절로 늘어진 듯하고, 한쪽 다리는 저
는 것 같고……. 아이고, 내 팔자야." ☆ 박씨 부인의 겉모습 ☆

시백은 한숨을 푸욱 쉬었다.

공도 시백 몰래 한숨을 쉬었다.

다음날 날이 밝자 공은 일행과 함께 길을 서둘러 며칠 만에 서울의 집에 닿았다.

이 때 일가 친척들이 신부를 보려고 모두 모였는데, 신부가 가마에서 내려 곁방으로 들어가면서 얼굴을 가렸던 나삼을 벗으니 모두들 너무 놀라 벌린 입을 다물지 못했다.

"헉, 저것이 사람이냐, 괴물이냐?"

"필시 사람이 아니로다."

부인은 공을 원망했다.

"서울에 아리따운 규수들이 많은데 하필이면 금강산까지 가서 저런 괴물을 데려오신단 말입니까?"

공이 부인을 꾸짖었다.

"제 아무리 절세미인이라 해도 여자로서 행실이 바르지 못하면 집안을 망치는 법, 새아기가 비록 용모 추하다 하나 덕행이 있을 것이니 우리 집안은 길이 복을 누릴 것이오. 다신 그런 말씀을 마시오."

부인이 한숨 쉬고 대답했다.

"대감 말씀이 지당하오나 부부 사이가 좋지 않을까 걱정됩니다."

"잘 될 것이오."

그러나 시백은 아내 박씨의 추한 모습을 보고 실망하여 박씨 근처에도 얼씬거리지 않았다. 집안의 종들까지 박씨를 무시하여 박씨는 홀로 규방에 박혀 잠만 잤다.

시백은 박씨를 내쫓고 싶었으나 아버지가 무서워 뜻대로 못하고 있었는데 공이 눈치를 채고 시백을 불러 일렀다.

"덕행을 모른 채 용모에만 신경을 써서 아내를 구박하면 집안을 망치게 된다. 또 부모가 사랑하는 사람을 구박하는 것은 불효이니 네 아내를 어여삐 여기거라."

시백이 아버지의 뜻을 받들려고 아내 박씨를 찾았으나 박씨를 보자마자 미운 마음이 더 커져 그만 방에서 뛰쳐 나와 버렸다.

한편 부인도 박씨를 좋지 않게 여겨 시비 계화에게,

"집안이 운이 좋지 않아 저런 것을 며느리라고 얻었는데 하릴없이 잠만 즐기니 어디다 쓸것인가? 오늘부터는 밥도 조금만 주어라."

박씨는 이렇게 구박을 받으면서도 조용히 있더니 어느 날 계화를 불러,

"사랑에 나가 대감께 여쭐 말씀이 있다고 전하라."

공이 박씨를 찾아 가니 박씨가 한숨을 쉬고 여쭈었다.

"인물이 추하여 부모님께 효도도 못하고 부부간 사이도 나빠 집안이 편하지 않습니다. 그러나 아버님께서 저를 자식으로 인정하신다면, 뒤뜰에 초당 삼간만 지어 주십시오."

☆ 상 칸짜리의 초당. 초당은 집이나 억새로 지붕을 이은 조그만 집이다 ☆

공이 청을 받아들여 뒤뜰에 초당을 지어 시비 계화와 함께 거처하게 했다.

박씨는 거처하는 초당 이름을 피화당이라 이름 짓고 초당 앞뒤에 갖가지 나무를 심고 가꾸었다.

규수 결혼할 나이가 된 남의 집 처녀를 높여서 이르는 말.
지당하오나 이치에 맞아 지극히 옳으나.
얼씬거리지 눈앞에 잠깐씩 나타나지.
규방 부녀자가 거처하는 방.
어여삐 예쁘게.
시비 곁에서 시중드는 여자 종.
하릴없이 어쩔 수 없이.
갖가지 많은 종류.

기이한 재주

어느 날, 임금님께서 갑자기 공에게 일품 벼슬을 내리시고 내일 대궐로 들어오란 명을 내렸다.

공은 기뻤으나 한편으로는 근심했다.

"옛 조복은 색이 바랬고 새 조복은 아직 준비가 되지 않았으니 이 일을 어찌할꼬?"

부인도 하루 만에 조복 지을 길이 없어 걱정이 태산이었다.

이 일을 시비 계화가 박씨에게 전했는데, 박씨는 조복 지을 옷감을 가져다 달라 하더니 하룻밤 만에 뚝딱 지어 내었다. ✦ 박씨의 범상치 않은 재주가 드러나기 시작함 ✦

공은 무척 기뻐했다.

"나의 며느리가 신선의 딸임이 틀림없다. 이토록 재주가 뛰어날 줄이야."

이후 시백은 물론이고, 집안 사람들도 박씨의 놀라운 재주에 감탄하여 더 이상 구박하지 않았다.

어느 날 박씨가 다시 공을 뵙기를 청하고 여쭈었다.

"내일 종로에 사람을 보내시면 각처의 사람들이 말을 팔기 위해 모여 있을 것입니다. 여러 가운데 비루먹고 창백한 작은 말 한 마리가 있을 것이니 근실한 노복에게 돈 삼백 냥을 주어 그 말을 사게 하십시오."

공은 박씨의 말이 허황했으나 전날 조복의 일도 있고 하여 곧 근실한 노복을 불러 돈 삼백 냥을 주고 말을 사 오게 했다.

노복이 종로로 나가 보니 과연 비루먹고 창백한 말이 있는지라 삼백 냥을 주고 말을 사 왔다.

박씨가 공에게,

"이제 이 말을 먹이시되, 한 끼에 보리 서 되와 콩 서 되를 섞어 죽을 쑤어 먹이십시오."

공이 시키는 대로 하여 망아지는 무럭무럭 잘 컸는데 삼 년이 되자 준총이 되어 빠르기가 나는 호랑이 같았다.

박씨가 다시 공에게 여쭈었다. ☆ 매우 빨랐다 ☆

"며칠 뒤에 명나라에서 사신이 올 것이니 그 말을 데려다가 사신 오는 길목에 매어 두라 하십시오. 사신은 말을 보자마자 사려고 할 것이니 값으로 삼만 냥을 받아 오라 하십시오."

☆ 삼백 냥을 주고 산 망아지를
삼만 냥에 파는 뛰어난 수완 ☆

초등필수
단어장

조복 관원이 임금에게 하례 드릴 때 입던 붉은 비단의 예복.
비루먹고 개나 나귀, 말 따위 짐승이 피부가 헐고 털이 빠지는 병에 걸리고.
근실한 부지런하고 착실한.
망아지 아직 다 자라지 않은 어린 말.
준총 걸음이 몹시 빠른 말.
사신 옛날에, 임금이나 나라의 명을 받고 다른 나라에 파견되던 신하.

공이 노복을 시켜 박씨가 시키는 대로 하라 했더니, 노복은 과연 거금 삼만 냥을 받아 왔다.

공이 크게 놀라 박씨에게 물었다.

"나는 설마 했는데 정말로 삼만 냥을 받았구나. 이것은 정말 어마어마하게 큰 돈이 아니냐? 어찌된 일이냐?"

박씨가 대답했다.

"그 말은 원래 천리마이온데, 조선은 땅이 좁아 써 먹을 곳이 없습니다. 그러나 중국 땅은 넓어서 써 먹을 수 있기에 중국 사신이 돈이 아깝다 하지 않고 사 간 것입니다."

공이 탄복했다.

"집안에 앉아 만 리 밖의 일을 알아보니 여자로 태어난 것이 참으로 아깝구나. 만약에 남자가 되었더라면 나라를 지키는 충신이 되었을 것인데……."

벽옥 연적과 장원 급제

해마다 풍년이 들어 나라가 평안하니 나라에서는 인재를 구하고자 널리 과거령을 내렸고 시백은 과거에 응시하려고 했다.

이때 박씨는 뒤뜰 연못에서 벽옥 연적이 청룡으로 변하여 여의주를 물고 날아가는 꿈을 꾸었다. 다음날 아침 박씨는 잠에서 깨자마자 연못으로 달려갔는데, 과연 벽옥 연적이 연못가에 있었다.

박씨는 연적을 초당으로 갖다놓고 계화를 시켜 서방님을 모셔 오라 하였다. 계화가 시백에게 가서 박씨의 말을 전하자, 시백은 화를 벌컥 내면서 소리쳤다.

"요망한 계집 같으니, 감히 나를 오라 가라 하다니. 계화에게 대신 벌을 주어 그 요망함을 없애리라."

시백은 노복들을 불러 계화의 볼기를 서른 대나 치게 했다.

계화가 맞고 울면서 박씨에게 돌아와 고하니 박씨가 하늘을 우러러 탄식했다.

"나 때문에 죄 없는 네가 볼기를 맞다니, 이처럼 안타까운 일이 또 어디 있겠느냐?"

박씨는 계화에게 연적을 내어 주며 말했다.

"이 연적의 물로 먹을 갈아 글을 짓는다면 분명 장원 급제할 것이라 전하여라."

계화가 다시 시백에게로 가서 연적을 전해 주니 시백이 연적을 살펴보고 스스로를 꾸짖었다.

"내가 졸렬하여 부인의 넓은 뜻을 헤아리지 못했구나."

다음날 시백은 수험장에 들어가 그 연적의 물로 먹을 갈아 글을 쓰는데 한 번도 막힘 없이 순식간에 글이 완성되었다.

그래서 모인 사람들 가운데 첫째로 시관에게 지은 글을 바쳤다.

나중에 결과를 보니 과연 장원이었다.

> 천리마 하루에 천 리를 달릴 만큼 썩 빠르고 뛰어난 말.
> 탄복 참으로 훌륭하다고 생각하여 매우 감탄함.
> 인재 학식이나 능력이 뛰어난 사람.
> 벽옥 푸른빛이 나는 고운 옥.
> 연적 벼룻물을 담는 조그만 그릇.
> 요망한 행동이 간사하고 바르지 않은.
> 고하니 어떤 사실을 남에게 알리니.
> 장원 지난날, 과거 시험에서 첫째로 합격하던 일.
> 졸렬하여 마음이나 태도가 쩨쩨하고 유치하여.

초등필수
단·어·장

시백은 임금님을 뵙고 집에 돌아와 며칠 동안 풍악을 갖추고 큰 잔치를 베풀었다.

그러나 박씨는 잔치에 참여하지도 못하고 초당에서 쓸쓸한 시간을 보냈다. 계화는 그런 박씨가 불쌍하여,

"집안의 경사로 친척들이 모여 며칠 동안 먹고 마시며 즐겁게 지내는데 아씨마님은 이렇게 쓸쓸히 초당만 지키시니 소녀 뵙기 민망합니다."

박씨는 태연히 말했다.

"사람의 길흉화복은 하늘에 달린 것, 이에 무슨 슬픔이 있을쏘냐?"

계화는 박씨의 관대하고 어진 성품에 새삼 감탄했다.

허물을 벗다

세월이 흘러 박씨가 시집 온 지 삼 년이 되었는데 어느 날 홀연히 처사가 나타났다.

공은 미안한 마음이 들어 처사에게 말했다.

"나의 자식이 못나고 어리석어 따님을 구박하니 몸둘 바를 모르겠습니다."

처사가 말했다.

"아닙니다. 나의 못난 자식을 추하다 하지 않고 슬하에 두시니 제가 오히려 고맙습니다."

처사는 공과 더불어 며칠을 보낸 뒤에 박씨를 만나

"너의 액운이 다 지나갔으니 이제 더럽고 못생긴 그 허물을 벗도록

해라."

라고 말하며 허물을 벗을 수 있는 '탈갑변화지술'을 가르쳐 주었다. 그리고 처사는 곧 공에게 작별인사를 하고 떠나갔다.

박씨는 그날 밤에 몸을 깨끗하게 씻고 탈갑변화지술로 허물을 벗으니 원래의 얼굴이 나타났다.

날이 밝자 박씨는 계화를 방으로 불러들였는데, 계화가 허물 벗은 박씨를 보고 깜짝 놀라 뒤로 한 번 넘어졌다가 일어났다.

"월궁항아께서 이 누추한 곳에 어어어어어인 일이신지요?"

박씨가 아름다운 얼굴을 들고 붉은 입술을 반쯤 열어 계화에게 일렀다.

"내가 지금 허물을 벗었으니 밖에 나가더라도 시끄럽게 떠들지 말며, 대감께 가만히 여쭈어라."

계화가 명을 받들고 급히 사랑채로 달려 나가 공에게 아뢰자 공은 몹시 기뻐하며

"그것이 정녕 사실이렷다."

하고 급히 초당으로 달려왔다.

그리고 방문을 열어 보니 젊은 여인이 방 한가운데 앉아 있는데 눈앞이 아찔할 정도로 아름다웠다.

"네가 어찌 오늘 이런 절세미인이 되었느냐? 이것은 정말 희한한 일이구나."

박씨가 고개를 숙인 채 여쭈었다.

"이제 저의 액운이 다하여 보기 흉한 허물

민망합니다 다른 사람의 부끄러운 모습을 보게 되어 딱하고 거북합니다.
관대하고 사람을 대하는 태도가 너그럽고.
홀연히 뜻하지 않게 갑자기.
슬하 부모의 곁.
액운 불행한 일을 당할 운수.

초등필수
단어장

을 벗었습니다."

공은 곧 박씨의 방을 나와 시백에게로 가서,

"급히 초당으로 들어가 네 아내를 보거라."

시백은 얼굴을 찌푸리고 '그런 추물을 뭐하러 보라고 하신단 말인가.' 하고 속으로 투덜거렸으나 아버지의 명을 어길 수가 없어 초당으로 갔다. 계화가 바삐 나와서,

"서방님, 어서 들어가 보셔요. 기이한 일이 있습니다."

시백이 급히 들어가 문을 열고 바라보니 절세미인이 다소곳이 앉아 있어 그만 정신이 아찔해지고 말았다.

'얘기라도 나눠 보고 싶은데…….'

그런데 그 절세미인의 얼굴 색을 살펴보니 너무나 냉정하여 쉽게 말을 붙일 수가 없었다. 시백이 감히 안으로 들어가지 못하고 다시 나와 계화에게 물었다.

"그 흉칙한 아씨는 어디로 가고 저런 월궁항아가 나타났느냐?"

계화가 웃으며 대답했다.

"아씨께서는 허물을 벗고 변화하여 월궁항아가 되었습니다."

시백이 크게 놀라 어쩔 줄을 몰라하다가 길게 한숨 쉬며 책방으로 돌아왔다.

'그 동안 구박했으니 나를 원망하고 있을 텐데 이 일을 어찌하면 좋은가?'

저녁이 되자 시백의 발걸음은 저절로 피화당으로 향하였는데, 박씨는 전날과 조금도 다름없는 차가운 모습이었다.

시백은 차마 먼저 말을 걸지 못하고 박씨가 말 걸어 주기를 기다렸으나 박씨는 끝내 한마디도 하지 않았다.

시백은 과거를 뉘우치고 스스로를 꾸짖었다.

"부인께서 이와 같이 하심은 내가 삼 년 박대했기 때문입니다."

박씨는 그래도 한마디가 없었으므로 시백은 할 수 없이 촛불 아래 앉아 눈치만 살피는데, 어느 새 첫닭이 울었다.

시백은 방에서 나와 서당으로 돌아갔으나 하루종일 박씨 생각에 안절부절못하였다.

밤이 되자 다시 피화당으로 들어갔으나 박씨의 냉정함이 어제보다 더하였다. 시백은 속을 끓이며 죄인처럼 앉아 있다가 날이 밝자 다시 방에서 나왔다.

이렇게 며칠 동안 밤이면 피화당으로 가서 눈치만 보다가 나오기를 거듭하니 시백은 속이 타서 그만 상사병이 들고 말았다.

'이러다간 결국 죽고 말 것이다.'

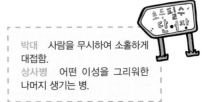

박대 사람을 무시하여 소홀하게 대접함.
상사병 어떤 이성을 그리워한 나머지 생기는 병.

시백은 드디어 결심하고 박씨를 찾아가 사죄했다.

"부인의 침소에 여러 날 들어왔으나 한결같이 차가운 얼굴이시니 몹시 괴롭습니다. 부디 부인께서는 마음을 돌리시어 죽어 가는 이 사람을 구해 주십시오. 죽는 것은 서럽지 않으나 이 나이에 병들어 죽으면 부모님께 불효하는 것이니 지하에 가면 무슨 낯으로 조상들을 뵙겠습니까?"

✧ 죽어서 저세상으로 가면 ✧

그리고는 눈물을 흘리며 앉아 있으니, 박씨가 입을 열었다.

"당신은 아내가 못생겼다 하여 삼 년을 박대했으니 처자를 보살피지 못하는 사람이 어찌 나라를 보살피며 백성들을 편안하게 하겠습니까? 저는 아녀자이나 당신 같은 남자는 부럽지 않습니다."

시백은 지은 죄가 큰지라 거듭 거듭 사죄했다.

그제서야 박씨가 웃으며 대답했다.

"지난 일은 잊겠으니 이젠 안심하십시오."

시백이 박씨의 옥 같은 손을 잡고 웃으며 고개를 끄덕였다.

이후 시백과 박씨의 금실은 너무 좋아 하늘나라 옥황상제도 부러워할 정도였다. ✧ 옥같이 뽀얗고 고운 손 ✧

호국의 계략

몇 년이 지나자 공은 나이가 많아 벼슬 자리에서 물러났으며 시백은 이런 저런 벼슬을 거쳐 병조판서에 임명되었다.

이때 명나라에서는 가달의 난이 일어나 나라가 위태로웠는데, 시백

이 천하 영웅 임경업과 함께 명나라로 가서 가달의 난을 평정하고 돌아

왔다. ✱ 조선시대 실존 인물 ✱

임금님은 크게 기뻐하고 시백을 우의정, 임경업을 부원수로 삼았다.

이후 중국에서 호나라가 일어나 국경 지방을 자주 침범하므로 임금
님은 임경업을 의주부윤으로 삼아 국경을 지키게 하였다.

이때 공은 병을 얻어 세상을 떠났고 이어 부인까지 죽으니 시백 부부
는 애통한 마음으로 삼년상을 치렀다.

중국에서 일어난 호나라는 날이 갈수록 점점 강해져서 이제는 아예
조선을 삼키려고 국경 지방으로 자꾸 쳐들어 왔다.

그러나 천하 영웅 임경업은 쳐들어 올 때마다 물리쳐 임금님과 신하
들, 그리고 백성들을 안심켰다.

호나라의 왕은 답답하여 신하들을 모두 모아 놓고 의논했다.

"우리 호국은 땅이 넓으나 임경업을 꺾을 사람이 없으니 조선을 집어
삼킬 수가 없다. 어찌하면 좋겠는가?"

신하들은 서로 눈치만 볼 뿐, 아무도 입을 열
지 못했다.

이때 호 왕에게는 하늘에 관한 일을 통달하고
지리에 관한 일도 꿰뚫어 가만히 앉아서도 천리
를 내다보는 재주를 가진 귀비가 있었다. 귀비가
호 왕에게 여쭈었다.

"조선에는 큰 신인이 있으니 경업을 꺾는다

✱ 신통력을 가진 사람.
즉 박씨 부인을 이름 ✱

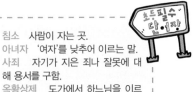

침소 사람이 자는 곳.
아녀자 '여자'를 낮추어 이르는 말.
사죄 자기가 지은 죄나 잘못에 대
해 용서를 구함.
옥황상제 도가에서 하느님을 이르
는 말.
국경 한 나라와 다른 나라의 땅이
맞닿아 있는 곳.
통달 어떤 일이나 지식에 막힘이
없이 훤히 앎.
귀비 후궁의 가장 높은 지위.

하여도 조선을 삼킬 수는 없을 것입니다."

호 왕이 크게 놀라 말했다.

"조선에 임경업보다 더 큰 영웅이 있다니 조선 정벌은 영영 이룰 수 없는 꿈이란 말인가?"

"천기를 보아하니 조선에 액운이 있어 정벌이 어렵지만은 않습니다. 군사를 일으키기 전에 그 신인만 처치하면 됩니다."

"그렇다며 어떤 사람을 보내야 그 신인을 처치할 수 있을꼬?"

"지략과 용기를 함께 갖춘 계집을 구하여 조선으로 보내면 그 신인을 처치할 수 있을 것입니다."

호 왕은 신하들과 의논하여 적당한 여자를 널리 구하였는데, 마침 시녀 중에 검술과 용모가 뛰어난 기홍대란 여인이 있었다.

호 왕이 기홍대에게 명했다.

"조선으로 나아가 신인의 머리를 베어 오라."

기홍대가 아뢰었다.

"소녀가 비록 보잘 것 없는 몸이나 있는 힘을 다하여 조선으로 가서 전하의 근심을 덜어 드리겠나이다."

☆ 옛날에는 별을 보며 운명을 예측하거나
길흉을 점치는 천문이 발달했다 ☆

한편 피화당의 박씨는 어느 날 하늘의 별을 보며 점을 치다가 깜짝 놀라 시백에게 달려갔다.

"며칠 뒤에 용모가 아름다운 계집 하나가 집에 들어와 이러저러한 말을 할 것이니 가까이 두지 마시고 피화당으로 보내 주십시오."

과연 박씨가 말한 날이 되자 한 여인이 집에 들어와 시백을 뵙고 문안인사를 여쭈었다. 시백이 여인을 보니 용모가 매우 아름다워 저절로 가슴이 뛰었다. 그래서 여인에게 물었다.

"너는 무슨 일로 날 찾아왔으며 고향과 성명은 무엇이냐?"

여인이 대답했다.

"고향은 강원도이며 이름은 설중매라 하옵니다. 대감이 호남자란 소문이 자자하여 한번 뵙고자 왔습니다."

시백은 여인의 용모에 취하여 날이 저물도록 이런저런 이야기를 나누었다. 그러다 문득 부인의 말을 떠올리고,

"지금 동쪽 산마루에 달이 떠올라 밤이 깊었으니 피화당에 들어가 편히 쉬도록 하라."

설중매가 대답했다.

"소녀는 대감을 모시고 싶어 온 것입니다."

시백이 고개를 저었다.

"오늘 나랏일로 관원들이 찾아올 것이니 너와 함께 있을 수가 없구나."

그리고는 계화를 불러 피화당으로 그 여인을 모셔 가게 하였다.

여인이 피화당에 나타나자 박씨는 자리를 내어 준 뒤에 계화에게 미리 준비해 두었던 독한 술과 순한 술을 가져오라 하였다.

계화는 순한 술은 박씨에게 권하고 독한 술은 여인에게 권하니 여인은 술을 마시고 크게 취해 잠이 들었다.

이 여인은 바로 기홍대였다.

박씨가 기홍대를 보니 잠이 들긴 했는데 두 눈을 뜨고 있었으며 그 두 눈에서 불덩이

정벌 먼 곳에 있는 적군이나 적이 되는 무리를 무력으로 침.
아뢰었다 윗사람에게 말씀드려 알렸다.
문안 웃어른께 안부를 여쭘.
자자하여 소문이나 이야깃거리가 여러 사람의 입에 오르내려 떠들썩하여.
문득 갑자기 생각이 나서.
산마루 산등성이의 가장 높은 곳.
나랏일 나라에서 일어나는 중요한 일.

가 튀어나와 방 안을 돌았다. 박씨는 불을 피하려고 잠시 자는 척했다. 그러자 불덩이는 사라졌다. 박씨는 곧 다시 일어나 기홍대의 짐을 살펴보았는데 조그마한 칼 한 자루가 들어 있었다. ✻ 설중매가 자객임을 알 수 있다 ✻

이상한 생각이 들어 자세히 살펴보니 칼에는 '비연도'란 붉은 색의 글자가 새겨져 있었다.

박씨가 그 칼을 만지려 하자 그 칼은 나는 제비처럼 공중으로 치솟아 오르더니 박씨를 해치려고 하였다. ✻ 기홍대의 도술로 칼이 저절로 움직임 ✻

박씨가 급히 주문을 외우자 그 칼이 방바닥으로 쿵 하고 떨어져 내렸다. 그 소리에 기홍대가 잠에서 깨어났는데, 박씨는 얼른 비연도를 집어 들고 소리쳤다.

"무지하고 간교한 계집, 너는 바로 호국의 기홍대가 아니더냐?"

✻ 박씨는 설중매의 정체를
이미 알고 있음 ✻

기홍대는 간담이 서늘하여 어찌할 줄 모르다가 박씨의 위엄에 눌려 박씨 앞에 엎드렸다.

"부인께서는 어찌 그리 자세히 아십니까?"

박씨는 눈을 더욱 크게 뜨고 소리쳤다.

"천한 계집 홍대야, 내 말을 듣거라. 너의 개 같은 임금이 조선을 호시탐탐 노리고 있으나 결코 뜻을 이루지 못할 것이다. 그런데도 너 같은 요물을 보내어 감히 나를 해치려 하다니, 내 너를 먼저 죽여 네 임금에게 경고하리라!"

기홍대는 벌벌 떨며 손이 발이 되도록 빌었다.

"부인 앞에서 무엇을 속이리까? 소녀는 그 동안 잡술을 배운 탓에 우리 왕이 시키는 일을 거역하지 못하였나이다. 그러나 부인 같은 천하 영웅을 만났으니 저의 목숨은 파리 목숨입니다. 부디 은혜 베푸시어 살려 주십시오."

생명을 소중히 여기는 박씨의 사랑됨이 보인다 ✳

"너의 귀비의 괘씸한 소행을 생각하니 너를 먼저 죽여 화난 마음을 가라앉히고 싶구나. 하지만 나는 사람의 목숨을 해치는 것을 좋아하지 않으며, 또한 너는 일개 궁녀로 너의 왕의 명을 어길 수가 없었을 것이니 특별히 너를 살려 주겠노라. 가서 너의 왕에게 내 말을 전하거라. '조선이 비록 나라는 작으나 천하 영웅들이 그 수를 헤아리지 못할 만큼 많으니 엉뚱한 생각 말라. 만일 그렇지 않으면 내 천하 영웅을 모두 모아 너희 나라로 쳐들어 갈 것이다.'라고. 알았느냐?"

"그대로 전하겠습니다. 목숨을 살려 주셔

거역　윗사람의 뜻이나 명령을 따르지 않음.
괘씸한　어떤 사람이 도리에 벗어나는 말이나 행동을 하여 못마땅하고 미운.

서 정말 고맙습니다."

기홍대는 꽁지 빠져라 급히 달아나 버렸다.

이 모습을 본 시백과 노복들은 다시 한 번 박씨의 기이한 재주에 탄복하였다.

호적의 침입

기홍대는 본국으로 돌아가 호 왕에게 보고했다.

"소녀, 만고 영웅 박씨를 만나 크게 혼만 나고 왔습니다."

호 왕이 크게 노하여 귀비를 불러 말했다.

"기홍대가 실패하여 짐에게 도리어 욕만 미치게 하였으니 분해서 미칠 지경이다. 이 분한 마음을 어떻게 풀 것인가?"

귀비가 아뢰었다.

"조선에 신인과 명장이 있다 하나 또한 조정에 간신이 있으니 조선 왕은 신인의 말을 듣지 않을 것이며 명장을 쓰지 못할 것입니다. 폐하께서는 군사를 이끌어 조선을 치시되, 동쪽으로 백두산을 넘어 함경도를 거쳐 장안 동문으로 들어가시면 미처 막지 못하여 조선은 함락될 것입니다."

호 왕이 크게 기뻐하여 장수 한유와 용울대를 부르고 명했다.

"군사 십만을 불러 모아 동쪽으로 백두산을 넘어 조선으로 쳐들어가라."

옆에서 귀비가 일렀다.

✸ 의주에 있는 임경업이
모르게 하기 위한 계략

"그대는 조선으로 들어가는 즉시 군사를 시켜 의주에서 서울로 통하는 길목을 막아 서로 소식이 오가지 못하게 하라. 아울러 서울에 들어가거든 우의정 집 뒤뜰을 침범하지 말라. 그 집을 침범하면 목숨을 보전하지 못할 것이다."

✸ 박씨에게
맞서지 말라는 경고 ✸

한유와 용울대는 곧 십만 대군을 이끌고 백두산으로 하여 조선을 침략했다.

그러나 조선의 서울에서는 아무도 이것을 알지 못했다.

다만 박씨만이 초당에 앉아 천문을 보다가 이 사실을 알아차리고 크게 놀라 시백에게로 달려갔다.

✸ 별을 보며 점을 치다가 ✸

"북쪽 호적이 지금 조선 땅으로 쳐들어 오고 있습니다. 의주부윤 임경업을 조속히 부르시어 동으로 쳐들어 오는 도적을 막게 하소서."

시백이 깜짝 놀라 말하기를,

"우리 조선에 도적이 침범한다면 의주로부터 침범할 터인데 부인께서는 어찌 동쪽으로 온다 하십니까? 만약 의주부윤 임경업을 불러 동쪽을 지키게 했는데 호적이 의주로 침범하면 그땐 어찌할 것입니까?"

박씨가 말했다.

"호적이 원래 간교하여 임 장군이 있는 의주를 피하여 백두산으로 침범하는 것입니다. 그러니 어서 상감께 저의 말을 전해 주십시오."

시백은 급히 대궐로 들어가 임금님께 박씨의 말을 전했다.

본국 자기 나라.
명장 훌륭하여 이름난 장수.
간신 자신의 이익만을 찾아 임금을 속이거나 아첨을 일삼아 나랏일을 그르치는 신하.
장안 '서울'을 이르는 말.
함락 적의 성이나 진지 등을 공격하여 무너뜨림.
천문 천체의 운행에 따라 역법을 연구하거나, 길흉을 예언하는 일.
조속히 어떤 일을 이루거나 행하는 것이 매우 빠르거나 급하게.
간교하여 온갖 꾀로써 남을 속이고 해치려는 성품이나 태도가 있어.
상감 '임금'을 달리 이르는 말.

임금님은 크게 놀라 신하들을 모두 모으고 의논하는데, 좌의정 원두표가 아뢰었다.

"북쪽의 호적이 꾀가 많으니 우의정 말대로 의주부윤 임경업을 불러들이는 것이 좋겠습니다."

그러나 영의정 김자점은,

"지금 시절이 태평하여 백성들이 편안하게 잘 살고 있는데 요망한 계집의 말을 듣고 임경업 장군과 군사를 움직이면 백성들이 불안하게 여길 것입니다. 요망한 계집을 먼저 죽여 다시는 백성들의 마음을 어지럽히지 못하게 하는 것이 옳을까 합니다."

신하들은 김자점의 권세를 두려워하여 모두 입을 다물고 말았고 임금님도 김자점의 말에 고개를 끄덕였다.

시백은 분한 마음을 이기지 못하고 집으로 돌아와 조정에서 있었던 일을 낱낱이 박씨에게 고했다

박씨는 하늘을 우러러 탄식했다.

"나라의 운이 좋지 않아 김자점 같은 이를 인재라고 영의정을 시켰으니 어찌 비통하지 않겠습니까? 머지않아 호적이 서울에 나타날 것이니 신하된 도리로 나라 망하는 것을 어찌 보겠습니까? 대감께서는 부디 사직을 지키십시오." ✦ *한 해의 마지막 날* ✦

때는 바야흐로 설달 그믐날, 호적이 동대문을 부수고 파도처럼 밀려들어오니 그 함성이 천지를 진동했다.

게다가 호적은 백성들을 닥치는 대로 잡아 죽여 그 주검이 태산 같고 피는 흘러 내가 되었다.

임금님은 황황하기 그지없어 어찌할 바를 모르고 있는데 우의정 이시백이 아뢰었다.

"사태가 급하오니 남한산성으로 피하시는 것이 좋을까 하나이다."

임금님이 옳게 여기고 급히 남한산성으로 피신했다. ☆ 실제 역사 사실이다 ☆

호나라 장수 한유와 용울대는 십만 대군을 이끌고 대궐로 들어갔는데 대궐이 텅 비어 다시 군사를 이끌고 남한산성으로 달려가 산성을 에워쌌다. 임금님과 신하들은 성안에 갇혀 위태로움이 바람 앞의 등불 같았다.

☆ 풍전등화(風前燈火) ☆

망신당한 호장

한편 박씨는 일가친척들을 모두 초당에 피신시켜 두었다.

용울대의 동생 용골대는 군사 백여 명을 이끌고 서울 곳곳을 다니며 백성들의 재물을 빼앗는 한편, 호국으로 데려갈 미인들을 찾고 있었는데, 마침 어느 집에 수많은 여자들이 있다는 보고가 들어왔다.

용골대는 얼른 군사들을 이끌고 그 집으로 달려갔다. 그 집은 바로 박씨의 집이었다. 용골대는 대문을 부수고 집 안으로 들어섰다. 그러자 맑았던 하늘에서 갑자기 검은 구름이 일어나며 번개와 벼락이 천지를 진동하더니 피화당의 울창한 수목들이 창과 검을 든 무시무시한 병사들로 변했다.

용골대는 크게 놀라 도망치려고 했는데 갑자기 피화당이 첩첩산중으로 변해 앞을 가로

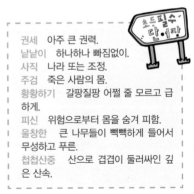

초등필수 당·어·짱

권세 아주 큰 권력.
낱낱이 하나하나 빠짐없이.
사직 나라 또는 조정.
주검 죽은 사람의 몸.
황황하기 갈팡질팡 어쩔 줄 모르고 급하게.
피신 위험으로부터 몸을 숨겨 피함.
울창한 큰 나무들이 빽빽하게 들어서 무성하고 푸른.
첩첩산중 산으로 겹겹이 둘러싸인 깊은 산속.

막았다.

용골대는 정신이 더욱 아찔하여 어쩔 줄 모르는데, 한 여자가 칼을
들고 나타나 소리쳤다.

"너는 어찌하여 죽음을 재촉하느냐?"

용골대가 벌벌 떨면서 대답했다.

"어느 댁인지 모르고 들어왔습니다. 은혜 베푸시어 제발 살려 주십
시오."

"나는 이 댁 시비 계화라고 하는데, 우리집 마님께서 네 머리를 베어
오라 하셨다. 어서 내 칼을 받으라."

용골대는 상대가 한낱 시비인 것을 알고 크게 노하여 칼을 뽑아 들고
계화를 치려 하였다.

그런데 칼 든 손이 맥없이 아래로 축 처지면서
손가락 하나 까딱할 수 없었다.

계화가 칼을 휘둘러 용골대의 목을 벤 다음 그
목을 들고 박씨에게 가져가니 박씨는 그 목을 뒤뜰 높
은 나뭇가지에 매달게 하였다.

이 때 남한산성에서는 김자점 대신 새로 영
의정이 된 최명길이 임금님께

이렇게 아뢰고 있었다.

"도무지 대항할 방법이 없으니 호국과 강화하심이 옳을까 하나이다."

임금님은 강화를 청하는 편지를 써서 호국 진영으로 보냈다.

그러자 호적은 곧장 성 안으로 들어와 왕비와 세자, 대군 삼 형제, 그리고 후궁들을 붙잡았다. 임금님이 그 모습을 보고 하늘을 우러러 탄식했다.

"만고의 소인배 김자점의 말을 들었다가 오늘 나라를 이 꼴로 만들었구나."

한편 용울대는 남한산성에서 붙잡은 세자, 대군 삼 형제와 왕비, 후궁들을 데리고 의기양양하게 서울로 돌아갔는데 순라 돌던 초병이 보고했다.

★ 순찰을 하던 ★

"용골대 장군께서 여자의 손에 죽었나이다."

용울대는 크게 놀라 통곡하더니

"뭐라? 내 동생이 죽어? 누가 내 동생을 죽였는지 모르나 그 자에게 반드시 복수하리라!"

라고 소리치고 우의정의 집으로 달려갔는데, 집 뒤뜰 초당의 나무 위에 용골대의 머리가 달려 있었다.

용울대는 그 모습을 보고 미친 사람처럼 되어 칼을 빼들었다.

그리고 집 안으로 들어가려고 하는데, 한유가 용울대를 말렸다.

"귀비께서 우의정의 집엔 들어가지 말라 당부

아찔하여 갑자기 어지럽고 섬뜩하여.
재촉 어떤 일을 빨리 하라고 자꾸 조름.
소인배 도량이 좁고 간사한 사람. 또는 그러한 무리.
당부 윗사람이 아랫사람에게 단단히 부탁함.

하신 말씀을 잊었는가?"

용울대는 분함이 하늘 끝까지 솟아 칼을 들고 땅을 두드렸다.

"그렇다면 골대의 원수는 어찌 갚는단 말이오?"

"잠시 마음을 가라앉히고 신인의 신묘한 재주를 먼저 보는 것이 좋을 것이오."

용울대는 고개를 끄덕이고, 곧 군사들을 시켜 우의정의 집에 불을 놓으라 명했다.

군사들이 집을 빙 둘러 가며 불을 질렀는데 갑자기 집 안에서 오색 구름이 자욱하게 일어나더니 뒤뜰의 나무들이 수많은 병사들로 변하여 용울대의 군사들을 겹겹으로 포위했다. 용울대의 부하 병사들은 무서워 앞다투어 도망치다가 서로 밟혀 죽었다. 용울대가 더욱 분한 마음을 참지 못하여 안으로 뛰어들려 하자 푸르고 맑던 날씨가 일순간에 안개 낀 날씨로 변하여 한 치 앞이 보이지 않았다.

용울대는 감히 안으로 들어가지 못하고 용골대의 머리만 쳐다보고 있는데 나무 사이에서 한 명의 여자가 나타나 호통쳤다.

"이 무지한 용울대 녀석아, 네 동생 골대가 내 칼에 놀라 목이 떨어졌는데, 너마저 내 칼에 죽고 싶어 명을 재촉하느냐?"

용울대가 그 말을 듣고 격분하여 소리쳤다.

"너는 도대체 누구길래 사나이 대장부를 보고 그런 요망한 말을 하느냐?"

"나는 이 댁 시비 계화라 한다. 너희 형제를 생각하니 참으로 가련하고 불쌍하다. 네 동생 골대도 내 손에 죽었는데 너마저 죽으려고 날뛰

다니.”

용울대는 분한 마음에 군사들을 시켜 활을 쏘게 했으나 화살은 계화 앞에서 꺾이더니 힘없이 땅바닥으로 떨어졌다.

그러자 호국 군사들이 벌벌 떨었다.

이때 박씨가 계화를 시켜 이렇게 말하게 했다.

“무지한 오랑캐 놈들아. 만일 왕비를 너희 나라로 모셔 가면 너희들을 모두 몰살시킬 것이다. 왕비는 두고 가라.”

용울대가 대답했다.

“우리는 이미 너희 왕의 항복을 받았으니 왕비를 데려가고 안 데려가고는 우리 맘에 달린 것이다.”

계화가 소리쳤다.

“그렇다면 나의 재주를 보라!”

계화가 주문을 외우니 수박 덩이만한 우박이 하늘에서 마구 쏟아져 용울대의 병사들이 우박에 맞아 죽기 시작했다.

용울대는 그제서야 깨닫고 말했다.

“처음부터 이시백의 집을 침범하지 말라고 귀비께서 당부하셨는데, 내가 가볍게 행동하여 골대도 죽고 병사들도 많이 잃었다. 이제 무슨 낯으로 귀비를 뵈올 것인가? 우리가 이와 같은 일을 당하였으니 부인에게 사죄하는 것이 나으리라.”

용울대와 한유 등 호국 장수들은 땅에 엎드리고 사죄했다.

초등필수 단·어·장

신묘 신통하고 영묘함.
자욱하게 연기나 안개 등이 잔 뜩 끼어 흐릿하게.
격분 순간적으로 크게 분노함.
항복 져서 적에게 굴복함.
우박 큰 물방울이 공중에서 갑 자기 찬 기운을 만나 얼어 떨어 지는 하얀 덩어리.

"저희들이 천하를 가로질러 조선까지 나왔으나, 여태 무릎을 한번 꿇어 본 적이 없었습니다. 그런데 이제 부인 뜰 아래에 무릎 꿇고 비옵니다. 왕비는 모셔 가지 않을 것이니, 길을 열어 저희들이 무사히 돌아가게 해주십시오."

박씨는 그제서야 발을 걷고 나와 소리쳤다.

"너희들을 씨도 없이 다 죽이려 했으나 내 사람 죽이기를 좋아하지 않으므로 용서하니, 너희 말대로 왕비는 모셔 가지 말 것이며, 세자, 대군 삼 형제는 잘 모셔 가거라."

그러자 용울대가 애걸했다.

"부디 동생 골대의 머리를 내어 주십시오. 은혜 잊지 않겠습니다."

박씨가 대답했다.

"용골대의 머리에 옻칠을 하여 남한산성에서 패한 분풀이를 할 생각이다. 그러니 네가 아무리 애걸한다 해도 내어 줄 수 없다."

용울대는 분한 마음이 하늘 끝까지 치솟았으나 할 수 없이 하직하고 군사를 이끌고 떠나려 했다. 박씨가 다시 일렀다.

"행군하여 돌아가되 의주에 들러서 임 장군을 만나 보고 가라."

용울대는 그 숨겨진 뜻을 알지 못하여 다시 하직 인사를 하고 길을 떠났다.

한편 의주의 임경업은 나라가 망한 줄을 전혀 모르고 있다가 뒤늦게 소식을 듣고 밤낮으로 말을 달려 서울로 가는데, 용울대가 의기양양한 모습으로 군사를 이끌고 다가오고 있었다.

임경업이 크게 분노하여 앞에 오는 선봉장 머리를 베고 좌충우돌 말을 몰아 호국 군사의 머리를 이리 치고 저리 치니 호국 군사의 머리는 가을 바람의 낙엽처럼 떨어져 내렸다.

한유와 용울대는 겁을 내어 벌벌 떨면서 곧장 편지를 써서 임금님께 올렸다. 그러자 임금님은 편지를 읽은 뒤에 임경업에게 길을 비켜 주라는 글을 내렸다.

임경업은 무수히 많은 적군의 머리를 베고 이제 용울대의 머리를 베려 했는데, 서울에서 사자가 와서 임금님의 조서를 전했다.

임경업은 임금님 계시는 곳을 향하여 네 번

애걸 어떤 청을 들어 달라고 애처롭게 빎.
좌충우돌 닥치는 대로 마구 치고받고 함.
조서 어명을 널리 알릴 목적으로 적은 문서.

절을 하고 조서를 뜯어 보았다.

"국운이 불행하여 호국에 이미 항복했으니 장군은 호국 장수와 군사들을 살려 보내도록 하라."

임경업이 읽기를 마친 뒤, 큰 소리로 통곡하였다.

"슬프도다. 궐내에 만고 소인이 있어 이와 같이 나라를 망하게 하였으니 맑은 하늘이 어찌 무심할 것인가?"

한편 임금님은 전날 박씨의 말을 듣지 아니한 것을 깊이 뉘우치고 탄식했다.

"만약 박씨가 장부로 태어났더라면 어찌 호적 따위를 두려워했겠는가? 그래도 규방의 부인 혼자서 수많은 호적의 사기를 꺾어 조선의 위엄을 빛냈으니 어찌 훌륭하다 하지 않겠는가?"

임금님은 박씨에게 충렬정렬부인이란 칭호와 함께 많은 상을 내렸다. 그리하여 박씨는 충렬정렬부인이라 불리게 되었다.

이후 시백은 임금님을 극진히 섬기고 만 백성을 편안히 다스리는 태평 재상이 되었으며 아내 박씨와 함께 팔십여 세까지 부귀영화를 누렸다.

위엄 사람들에게 우러러보는 마음을 일으키게 하거나 두려운 마음으로 따르게 할 만한 힘이나 분위기.
칭호 명예나 어떤 지위를 나타내는 뜻으로 일컫는 이름.
극진히 대접이나 보살핌이 매우 정성스럽게
부귀영화 재산이 많고 지위가 높으며 귀하게 되어 온갖 영광을 누리는 것.

재미있게 짧은 글 짓기를 해 보아요

1 정혼 :

2 차비 :

3 주막 :

4 월궁항아 :

5 감탄 :

재미있게 긴 글 짓기를 해 보아요

다음 단어들을 사용하여 글을 지어 보세요(본문을 참고하세요).

1 혼인, 인륜지대사, 이름, 산중 처사, 혼약 :

2 뒤뜰, 연못, 벽옥, 연적, 청룡, 여의주, 꿈 :

이해력을 길러요

빈 칸에 알맞은 말을 넣어 보세요.

(용모, 서둘러, 작별, 연적, 정벌, 거듭, 평지, 영웅, 구박, 주막, 상사병, 눈치)

1 공은   처사에게   인사를 하고 며느리를 데리고 산을 내려갔는데   에 닿자마자 해가 져서 공은 일행과   을 찾았다.

2 덕행을 모른 채   에만 신경을 써서 아내를   하면 집안을 망치게 된다.

사고력을 길러요

1 박 처사의 퉁소 솜씨는 어느 정도였나요?

2 혼례식 뒤에 공과 시백은 무엇을 마시고 쓰러져 잠이 들었나요?

3 공은 아내를 구박하는 시백을 어떻게 타일렀나요?

4 박씨는 어떻게 허물을 벗었나요?

5 박씨가 허물을 벗자 어떤 일이 일어났나요?

6 박씨는 무엇을 보고 호적의 침략을 알았나요?

논리력을 길러요

1 부인은 왜 시백과 박씨의 혼인을 반대했나요?

2 시백은 왜 박씨를 미워했나요?

3 시백이 지난 잘못을 뉘우친 까닭은 무엇인가요?

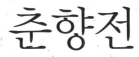

춘향전

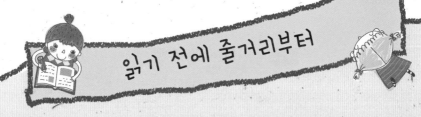

읽기 전에 줄거리부터

몽룡은 광한루에 경치 구경을 갔다가 그네 뛰는 춘향을 보고 반하여 춘향에게 영원한 사랑을 맹세하고 백년가약을 맺습니다.

그러나 몽룡의 아버지가 동부승지 벼슬을 받아 서울로 전근되면서 그들은 이별하게 됩니다.

서울 간 뒤 삼 년이 넘도록 몽룡은 편지 한 장이 없었으나 춘향은 수절하면서 몽룡을 기다립니다.

남원에는 변학도가 새롭게 부사로 부임하는데 춘향을 불러 수청들 것을 명했습니다. 춘향은 거절하여 감옥에 갇히고 죽을 날만을 기다리게 되었습니다.

한편 이몽룡은 과거에 급제하여 암행어사가 되고 남원으로 가게 되는데, 도중에 편지를 전하러 서울로 가는 방자를 만납니다.

방자에게서 춘향 소식을 들은 몽룡은 변학도 생일 잔치에 거지 양반으로 변장하고 참석했다가 어사 출두를 하고 변학도는 봉고 파직됩니다. 몽룡은 춘향을 구하여 함께 서울로 갑니다.

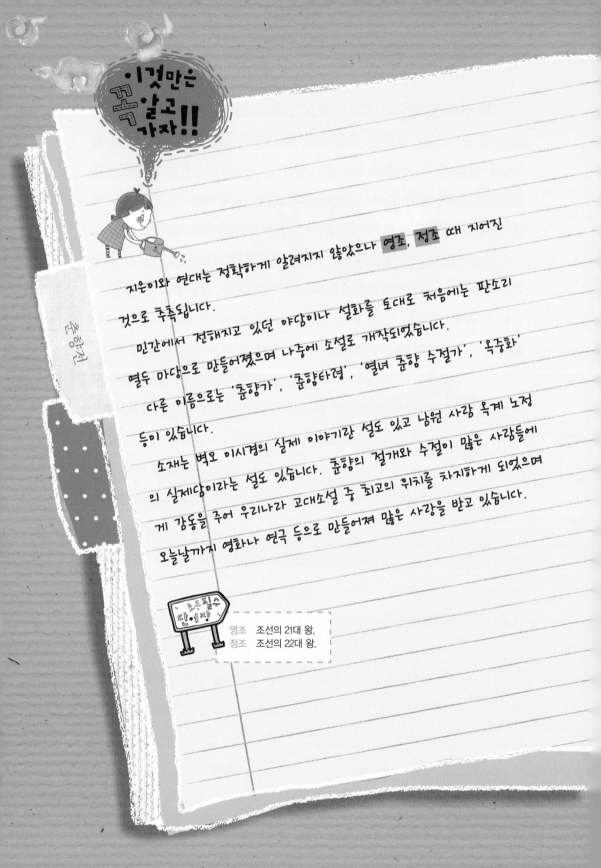

춘향전

지은이와 연대는 정확하게 알려지지 않았으나 **영조, 정조** 때 지어진

것으로 추측됩니다.

민간에서 전해지고 있던 야당이나 설화를 토대로 처음에는 판소리

열두 마당으로 만들어졌으며 나중에 소설로 개작되었습니다.

다른 이름으로는 '춘향가', '춘향타령', '열녀 춘향 수절가', '옥중화'

등이 있습니다.

소재는 벽오 이시경의 실제 이야기란 설도 있고 남원 사랑 옥계 노정

의 실제당이라는 설도 있습니다. 춘향의 절개와 수절이 많은 사람들에

게 감동을 주어 우리나라 고대소설 중 최고의 위치를 차지하게 되었으며

오늘날까지 영화나 연극 등으로 만들어져 많은 사랑을 받고 있습니다.

초등필수
단·어·장!

영조   조선의 21대 왕.
정조   조선의 22대 왕.

만남

    숙종대왕 때, 남원골에 **퇴기** 월매가 있었는데 성 참판의 소실이 되었다가 춘향이란 어여쁜 딸을 얻었다.

    춘향은 자랄수록 성품이 **어질고** 착한 데다 효성까지 지극하여 남원골에선 효녀 났다고 칭송이 자자하였다.

    이 때 남원 부사는 이한림으로, 몽룡이란 아들을 두었는데 나이는 열여섯이었으며 풍채와 인물이 훤하고 문장과 글씨도 일품이었다.

    하루는 몽룡이 공부를 하다 싫증이 나자 방자를 불러 물었다.

    "이 고을에 경치 좋은 곳이 어디냐? 날씨가 좋으니 경치 좋은 곳에 가서 시 한 수 읊

> **퇴기** 예전에 기생이었다가 지금은 물러난 사람을 이르는 말.
> **어질고** 행동이 바르고 너그러우며 슬기롭고.
> **풍채** 사람의 의젓하고 듬직한 겉모양.

고 싶구나."

방자가 여쭈었다.

"남원에서는 광한루가 제일 경치가 좋습니다."

몽룡은 방자를 앞세우고 나귀를 타고 광한루로 향하였다.

때는 바야흐로 오월 단오, 일 년 가운데 가장 경치가 좋은 때였다.

광한루에서 경치 구경을 하던 몽룡이 갑자기 방자에게 물었다.

"애, 방자야. 저기 숲 속에 오락가락 희뜩희뜩하는 것이 무엇이냐?
가서 살펴보고 오너라."

*춘향이 그네 뛰는
모습을 발견함*

방자가 잠시 다녀오더니,

"퇴기 월매의 딸 춘향 아씨가 그네를 타고 있습니다요."

"기생 딸 춘향이라? 그렇다면 한번 놀아 봐도 되겠구나, 냉큼 가서
데려오너라."

방자가 고개를 설레설레 저었다.

"어미는 비록 기생이오나 아비는 전에 참판을 지냈으며, 글을 배워
여느 대갓집 규수 못지 않은 아가씨입니다. 놀아 보다니, 천만의 말씀
입니다."

"그렇게 말하니 더욱 마음이 끌리는구나, 같은 양반이라니 잘 되었
다. 빨리 가서 모셔 오도록 하여라."

방자는 나는 듯이 뛰어가 그네 타는 춘향이 앞에 불쑥 나타났다.

"춘향 아씨, 일이 났습니다."

춘향이 그네를 멈추고 내려 섰다.

"무슨 일이 났다고 그리 호들갑이야?"

"사또 자제 도련님이 광한루에 소풍을 오
셨다가 아씨 그네 뛰고 노는 모습을 보고 불
러 오란 영을 내리셨습니다."

춘향은 화를 발끈 냈다.

"도련님이 나를 어찌 알고 부르신단 말이
냐? 네 놈이 뭐라고 주절주절 읊어 댄 것이
아니냐?"

"아씨 그네 뛰는 모습을 보고 반하여 그러셨다니까요? 아씨 안 가시
면 아씨 죽고 저 죽습니다. 어서 가십시다."

춘향이가 잠시 생각하더니 싫지 않은 표정으로,

※ 흔히 꽃은 여자를,
나비는 남자를 비유한다 ※

"그렇다면 가서 이렇게 여쭈어라. '꽃이 어찌 나비를 따를 수 있겠느
냐? 본사 안수해, 접수화, 해수혈이 아니냐?'라고 말이다."

※ 雁隨海, 蝶隨花, 蟹隨穴 ※

"아이고, 외우기도 어렵다."

방자는 잊을까 봐 내내 '안수해 접수화 해수혈'을 외우며 몽룡에게로 돌아갔다.

"이 놈아, 왜 혼자 오느냐?"

몽룡이 방자를 보고 묻자 방자는 금방 까먹고,

"온다 안 온다 대답은 없고 '안주해 접수해 해수해'라 하던 걸요."

"그것이 뭔 소리냐?"

몽룡은 잠시 생각한 뒤에

"이런, 혹시 안수해, 접수화, 해수혈이라고 하지 않던?"

"예, 바로 그런 말이었어요. 그런데 그게 무슨 말이래요?"

"들어 보거라, 엇흠, 안수해는 '기러기는 바다를 따른다.'란 뜻이고, 접수화란 '나비는 꽃을 따른다.'는 뜻이고, 해수혈이라는 것은 '개는 구멍을 따른다.'는 뜻이야. 그러니 나더러 저를 찾아 오란 말이지."

방자가 투덜거렸다.

"그럼 그렇게 말하지, 뭐하러 그렇게 어렵게 말한대요?"

광한루에서 집으로 돌아온 몽룡은 촛불을 켜 놓고 책을 읽기는 했지만 도무지 글이 눈에 들어오지 않았다.

그러다 해가 지자 몽룡은 방자를 재촉했다.

"얘야, 어서 가 보자."

"뜬금없이 어딜 가잔 건가요?"

"춘향의 집에 가 봐야 할 것 아니냐? 어서 나귀 대령하고 초롱에 불을 켜거라."

방자는 몽룡을 춘향의 집으로 안내했는데 대문이 굳게 닫혀 있었다.

"어쩌죠?"

"어쩌긴, 담을 넘어가 빗장을 살짝 뽑거라."

"아니, 그랬다가 몽둥이 찜질을 당하여 갈비뼈라도 부러지면 어찌 합니까?"

"어허, 잔소리가 많구나. 어서 하거라."

할 수 없이 방자가 담을 넘고, 대문의 빗장을 살짝 빼 주어 몽룡은 집 안으로 들어섰다.

그러자 개가 미친 듯이 짖어 대기 시작했고 여러 방문 중 하나가 열렸다.

"에그, 뭐가 지나가기로 개가 저리 짖어 댈까?"

월매가 긴 담뱃대를 물고 마루로 나오더니 혼잣말로 중얼거렸다.

"원 별난 꿈도 다 있지."

그러자 마루 끝에 앉아 있던 향단이가 물었다.

"무슨 꿈을 꾸셨길래 그러셔요?"

"너하고 춘향이 광한루 그네 뛰러 나갔을 때 잠깐 낮잠이 들었는데, 뛰는 그네 줄 위로 오색 구름이 일어나더니 청룡 한 마리가 춘향이를 물고 하늘로 올라가지 않겠니?"

춘향이 장차 높은 배필을 만날 꿈

그 때 다시 개가 물어 뜯을 듯이 짖어 대기 시작했다.

"에구, 저 놈의 개가 왜 저런다냐?"

월매가 개 짖는 쪽을 바라보니 매화나

초등 필수 단어장

뜬금없이 갑작스럽고도 엉뚱하게.
대령 물건을 준비하여 갖다 바침.
초롱 쇠나 나무로 짠 테에 종이나 비단을 씌우고, 속에 촛불이나 등잔을 넣은 등.
빗장 두 짝으로 된 여닫이문을 잠그기 위해 가로지르는 막대기나 쇠막대.
청룡 푸른빛을 띤 용.

무 뒤에서 불 꺼진 초롱을 들고 방자가 걸어 나왔다.

"에그머니, 너는 방자 나용쇠 아니냐?"

방자는,

"혼자 온 게 아니고 부사 자제 도련님을 모시고 왔어요."

그리고 뒤돌아 보자 부스럭 하면서 나무 뒤에서 몽룡이 나타났다. 몽룡은 헛기침을 두어 번 한 뒤에 침착한 목소리로 말했다.

"낯선 집에 갑자기 나타나 놀라게 하여 미안하오."

월매는 놀라기는 했으나 곧 정신을 차리고 마당으로 내려 섰다.

"아이고, 귀한 도련님이 오셨네. 어서 안으로 들어가십시다. 무슨 일로 오셨는지는 모르나……."

방자가 냉큼 대답했다.

"무슨 일은, 이 댁 춘향 아가씨를 뵈러 오셨지요."

월매는 일단 부용당이라는 방으로 몽룡을 안내하고 나서 춘향을 불렀다.

"얘야, 춘향아, 손님 오셨다. 이리 건너 오너라."

춘향이 부용당으로 들어가니 천만 뜻밖에도 어머니와 부사 자제 도련님이 앉아 있었다.

춘향이 깜짝 놀라 어쩔 줄 모르는데 월매는 춘향의 치맛자락을 잡으며,

"얘야, 인사 드려라, 도련님께서 이 먼 곳으로 널 보러 오셨다는구나."

춘향은 더욱 얼굴이 빨개졌다.

"이런, 부끄러워 말고 어서 인사를 드리거라."

그제서야 춘향이 두 손을 머리 위로 고이 올려 앉으면서 절을 했다.

몽룡은 춘향의 고운 모습에 얼이 빠져 몸을 반쯤 일으켰다 앉았다. 그리고는 진땀을 흘리면서 간신히 말했다.

"말 없이 집을 찾아 예의가 아니네만, 나는 갑인 사월 생, 이몽룡이라 하오. 꿈 몽에 용 룡 자를 쓴다오."

춘향이가 대답했다.

"제 성명은 성춘향이라 하옵니다. 봄 춘에 향기 향입니다."

"오, 그 이름 정말 좋구나. 그래, 생일은 언제며 나이는 몇이냐?"

"나이는 열여섯이고 생일은 사월 초파일입니다." 음력 4월 8일

그때 향단이가 술상을 가져 왔는데 몽룡은 술상이 채 방바닥에 내려

초등필수
단·어·장

낯선 처음 가거나 오랜만에 간 곳이어서 눈에 익지 않은.
냉큼 머뭇거리지 않고 단번에 빨리.

지기도 전에,

"실은 내가 춘향이 글 잘한다는 소리를 듣고 왔으나……."

몽룡이 말을 잇지 못하고 다시 진땀만 흘리자 옆에 있던 방자가 대신 말해 주었다.

"도련님, 뭘 그렇게 빙빙 돌리십니까? 그냥 '오늘밤에 자네 딸과 백년가약을 맺으러 왔다네.' 하면 간단할 것을."

월매는 놀라기도 하고 반갑기도 해서,

"정말이오, 도련님?"

몽룡이 월매에게 묻는다.

"이왕에 말이 났으니 말이네만, 자네 생각은 어떠하오?"

월매는,

'아까 낮에 잠깐 꾼 꿈이 예사 꿈이 아니로다. 청룡이 춘향을 물고 하늘로 올라가는 꿈이니, 필시 우리 춘향이가 이 도련님하고 백년가약 맺는 꿈이 틀림없다.'

라고 생각하고 몽룡이 잔에 술을 한잔 따라 주면서 대답했다.

"어떻다뇨? 그 말씀 듣기만 해도 하늘에 오른 듯합니다."

몽룡은 술을 몇 잔 마시고 술기운이 오르자 대담해져서,

"장모, 춘향도 미혼이고 나도 미혼이니 둘이 오늘 밤에 백년가약을 맺는 것을 허락해 주오."

이 소리에 춘향과 월매는 서로 얼굴을 바라보았다.

몽룡은 이왕 말을 뱉은 김에,

"지금 당장에 혼례식을 올리지 않는다고 해서 너무 걱정 마시오. 지

금은 부모님이 무서워 버젓하게 장가 들 수 없으나 양반의 자식이 어찌한 입으로 두 말을 하겠는가? 장모, 춘향이를 내게 주시오."

월매 잠시 생각한 뒤에,

"듣고 보니 도련님 말씀도 틀리지는 않으나 그래도 그냥 춘향이를 줄 수는 없는 일, 글이나 하나 써 주시오."

월매가 문방구를 내어 주니 몽룡은 붓에 먹을 흠뻑 묻혀 단숨에 내려 썼다.

"무궁한 세월에 바다가 마르고 돌이 타는 한이 있다 하더라도 내 마음은 변치 않을 것을 천지신명에게 맹세한다."

월매는 기뻐하며 다시 몽룡에게 술 한잔을 따라 주었는데 몽룡이는 반만 마시고 반은 춘향에게 내밀었다.

춘향이 우물쭈물하자 월매가 얼른 말했다.

"애야, 첫날밤이면 합환주가 있어야 될 것이 아니냐? 어려워 말고 어서 받아 마시거라."

춘향이 합환주를 마셨고 얼마 뒤에 월매는 슬그머니 방에서 나갔다. 돌아보니 방자도 어느 새 사라지고 없었다.

두 사람만 남자 몽룡이 춘향에게 청했다.

"내 진작부터 네 거문고 소리를 듣고 싶었다. 어서 한 곡조 타 다오."

백년가약 남녀가 부부가 되어 한평생 함께 살 것을 다짐하는 아름다운 약속.
예사 보통으로 흔히 있는 일.
대담해서 어떤 일을 하는 데 두려워하거나 거리낌이 없이 용감해져서.
장모 아내의 어머니.
미혼 아직 결혼하지 않은 상태.
버젓하게 남에게 흠 잡히거나 꿀릴 것이 없이 번듯하고 떳떳하게.
단숨에 쉬거나 멈추지 않고 곧장.
무궁한 끝이 없는.
천지신명 우리나라 민속에서 세상을 맡아 다스린다는 여러 신령.
합환주 전통 혼례식에서, 신랑 신부가 서로 잔을 바꾸어 마시는 술.
거문고 오동나무로 만든 긴 울림통 위에 6개의 현을 건, 우리나라 고유의 현악기.

그러자 춘향이 거문고를 무릎에 놓고 노래를 부르며 타기 시작했고 밤은 조금씩 깊어 갔다.

이별

몽룡은 춘향과 한번 인연을 맺은 뒤로는 만사에 뜻이 없고 언제나 밤 되기만을 기다렸으며, 밤만 되면 춘향이 집으로 달려갔다.

이렇게 몇 달이 흐른 어느 날, 몽룡이 소풍을 핑계하고 낮부터 춘향이 집에서 노는데, 방자가 달려와 일렀다

"도련님, 사또께서 급히 부르십니다."

급히 방자를 따라 동헌으로 가니 아버지가,

"내가 이번에 동부승지 벼슬을 받아 서울로 가게 되었다. 나는 문서 정리를 다 하고 천천히 올라갈 것이니 너는 어머니하고 내일 먼저 올라가도록 해라."

그 소리를 들으니 몽룡은 눈앞이 아찔하고 간이 툭 떨어지는 듯했다.

'이것은 춘향이와 헤어져야 한다는 소리.'

그렇다고 아버지에게 못 간다고 할 수도 없었다.

해가 지자 몽룡은 저녁밥도 먹는 둥 마는 둥하고 얼른 춘향이네 집으로 달려갔다.

춘향이는 뜰 끝에서 몽룡을 기다리고 있다가 반겨 맞았다.

"도련님, 어찌 이리 늦으셨어요? 아까 사또 부름 받고 가더니 사또 나리께 꾸중이라도 들으셨나요?"

그러나 몽룡은 대답도 없이 엉엉 울음부터 터뜨렸다.

"아이고, 도련님, 말씀을 해 보세요. 무슨 일이 있길래 이리 울기부터 하십니까?"

"아버님이 동부승지가 되어 서울로 올라가게 되었다."

춘향은 기뻐했다.

"사또께서 승차를 하셨는데 울긴 왜 우신단 말인가요? 도련님 올라가시는데 제가 따라 가지 않을까 걱정해서 우십니까?"

"어쩌면 너는 내 속을 이리도 모르느냐? 너를 데려갈 수 없으니 우는 게지."

춘향이 깜짝 놀라 바싹 다가 앉으며 물었다

"그게 무슨 말씀입니까? 우리 두 사람, 죽어도 같이 죽고 살아도 같이 살기로 맹세하지 않았습니까?"

"아버님께는 너와의 일을 차마 여쭐 수가 없었다. 꾸중 들을 게 뻔하니 말이다."

☆ 두 사람의 사랑이 사회에서는 용납될 수 없음이 드러남 ★

"그러니까 데리고 갈 수 없단 말씀인가요?"

춘향은 두 주먹으로 자기 가슴을 치면서 소리 내어 울기 시작했다.

그 바람에 초저녁부터 잠에 빠져 있던 월매가 깨어났다.

월매는 곧 춘향 방으로 건너와서 우는 이유를 물었더니 춘향이 대답했다.

"도련님이 서울 가시는데 저를 못 데려간대요."

그러자 월매 역시 자기 가슴을 탕탕 치

동헌 지방 관아에서 감사, 수령 등이 공사를 처리하던 집.
아찔하고 갑자기 어지러우며 섬뜩하고.
승차 윗자리의 벼슬에 오름.
바싹 아주 가까이 다가가는 모양.
차마 안타깝고 마음이 쓰여서 도저히.

초등필수 단어

며 울부짖었다.

　"아이고, 이제 내 딸 춘향은 죽었구나. 이팔청춘 어린 나이에 서방님
과 이별이 웬 말이냐?"

　오히려 춘향이가 월매를 말렸다.

　"어머니 그만 건너가 주무셔요. 못 따라가는 제 간장도 썩지만 버리
고 가는 도련님 가슴도 오죽이나 쓰리겠어요?"

　"어허, 이 집에 열녀 났구나, 열녀 났어."

　그 때 향단이가 얼른 들어와 월매 옷소매를 잡아 밖으로 데려 나갔다.

　둘만 남게 되자 춘향이 몽룡이 옆으로 가서 어깨에 손을 얹고,

　"도련님, 어머니가 사납게 말씀을 했다고 너무 섭섭하게 여기진 마
세요."

몽룡이 눈물 흘리며,

"춘향아, 내가 가면 아주 가겠느냐? 아주 간들 너를 잊겠느냐? 과거에 급제하면 바로 너를 데리러 오마."

춘향이 몽룡의 가슴에 안겨 흐느끼니 몽룡이도 하염없이 눈물을 흘렸다.

고통

몽룡이 서울 간 지 몇 해가 지났으나 편지 한 장이 없자 춘향이는 드디어 앓아 누웠다.

이 때 남원골에는 신관 사또로 변학도가 부임했다.

변학도는 본시 성미가 괴팍하고 고약한 데다 고집불통에 남달리 술과 여자를 좋아했다.

부임하자마자 변학도는 동헌에 자리를 정하고 소리쳤다.

"먼저 기생 점고부터 하여라."

허다한 공사 다 젖혀두고 기생 출석부터 부르려는 것이었다.

호장이 영을 받고 급히 기생들의 이름이 적혀 있는 안책을 가져다가 하나하나 호명을 했다.

"금신이, 금옥이, 금련이, 능옥이, 난향이, 월향이……."

한참 듣고 있던 변학도는 고개를 젓더니,

"이 고을에 천하 미인 춘향이가 있단 소문

이팔청춘 열여섯 살의 꽃다운 청춘.
하염없이 어떤 행동이나 마음 상태
가 제 의지로는 어찌할 수 없이 계속.
부임 임명을 받은 곳으로 일하러 감.
본시 본디.
안책 조선 시대에, 각 관청에서 전임
관원의 성명과 직명, 생년월일 등을
기록하던 책.

을 들었다. 그런데 점고에 없으니 무슨 일이냐?"

이방이 아뢰었다.

"사또, 춘향은 기생이 아니라 퇴기 월매의 딸로 그 아비는 성 참판이며, 몇 년 전에 구관 사또 자제 도련님과 백년가약을 맺었습니다."

그런데 변학도는 말도 안 되는 명을 내렸다.

"춘향은 원래 기생의 딸이고 또 인물이 절색이라 하니 안책에 이름을 올리고 바삐 데려오너라."

이번에는 호방이 아뢰었다.

"구관 사또 자제 이몽룡이 가실 적에 과거에 급제하면 데리러 오마 약조를 하여 지금 춘향이는 수절을 하고 있나이다. 안책에 올리시는 것은 아니 될 말씀입니다."

그러자 변학도는 수염이 거꾸로 설 만큼 펄펄 뛰면서 소리를 질렀다.

"내가 하라면 할 것이지, 웬 말이 그리 많으냐? 만일 춘향을 즉각 대령하지 않으면 너희 모두 머리를 잘라 놓을 것이다!"

할 수 없이 사령들이 춘향의 집으로 달려가 앓고 있는 춘향을 억지로 끌고 나타났다.

"춘향이를 데려왔습니다."

춘향이 얼굴을 보니 과연 천하절색이라 변학도 마음에 쏙 들었다.

변학도가 소리쳤다.

"너 듣거라. 오늘부터 몸단장을 깨끗하게 하고 수청들도록 해라!"

그 소리에 춘향이 고개를 바짝 들고 눈을 반짝이며 고운 입을 열었다.

"사또 분부 황송하오나 소인은 임자가 있는 몸입니다."

변학도가 타이르듯 말했다. ☆ 아직 공부를 하고 있는 어린 총각 ☆

"생각해 보거라. 어린 책방 도령이 일시의 장난으로 너를 얻은 것인데, 지금 너를 생각이나 하겠느냐? 이렇게 아무 보람 없이 허송세월을 보내고 있다가 나이 들어 늙으면 너만 서럽지, 수절했다고 누가 네게 열녀문 세워 줄 것이냐? 그만 내 시키는 대로 하거라."

춘향은 더욱 분명한 어조로 말했다. ☆ 산이 바다가 되는 일은 불가능하다. 불가능한 일을 들어 자신의 의지가 굳음을 표현했다 ☆

"산이 무너져서 바다가 되는 한이 있더라도 한번 먹은 마음 저버릴 수 없나이다."

변학도는 성이 불같이 나서 부채로 책상을 냅다 쳤다.

"조, 조, 조런 발칙한 것이 어디 있나? 사또 명을 거역하는 자에게는 엄한 벌로 다스리라 하였다. 너 죽더라도 서러워 마라!"

춘향도 화를 내어 소리쳤다.

"열녀의 수절 막는 자는 무슨 벌로 다스리라 하였던가요?"

변학도는 더욱 흥분하여 사령들에게 소리쳤다.

"저것을 당장 잡아 내려 형틀에 묶고 매우 쳐라!"

그러자 사령들이 춘향을 형틀에 묶고 매를 치기 시작했다.

춘향은 병든 몸에 매까지 맞으니 견딜 수가 없었다. 그러나 이를 악물고 사지를 바르르 떨면서도 죽어도 수청 든다는 말은 하지 않았다.

변학도가 입맛을 다셨다.

"에잇, 모질기로 독사 이상이요, 독하기로 고추 이상이다. 저것에게 큰칼을 씌워 감옥에 가두어라."

이리하여 춘향은 큰칼을 쓰고 옥에 갇히게 되었다.

옥에 갇히고 보니 도련님 생각이 더욱 간절했다.

"이렇게 쓰라린 일을 도련님이 알기만 해도 덜 외롭겠는데……. 도련님은 지금 다른 여자를 사랑하고 있는 것일까? 부모 명을 거스르지 못해 다른 여자에게 장가라도 든 것일까?"

춘향은 날마다 하염없이 눈물을 흘렸다.

죄 없는 춘향이가 날마다 눈물 짓는 모습을 보고 있자니 옥 사정은 마음이 아파 견딜 수가 없었다. 그래서 춘향에게 넌지시 권했다.

"여보시오, 서울에다 편지 한 장 쓰시오. 방자 시켜 서울에 보내 주리다. 편지 받으면 서울 도련님이 가만 있을 리 있겠소?"

춘향이 고마워서 다시 눈물 흘렸다.

"정말 고맙습니다."

옥 사정이 종이와 붓, 그리고 먹을 가져다가 옥중에 넣어 주니 춘향이 편지를 썼다.

옥 사정은 방자를 찾아가 편지를 건네고,

"서울 도련님에게 갖다 드리게나. 일이 급하니 빨리 다녀와야 하네. 안 그러면 춘향이 죽을지도 몰라."

방자는 편지를 품에 넣고 급히 서울로 향했다.

재회

한편 서울 이몽룡은 과거에 장원 급제하여 임금님께 나아가 숙배를 했다. 임금님이 물었다.

"경의 재주는 조정에서 으뜸이니, 무슨 벼슬을 원하는가?"

"요사이 들으니 전라도 지방에 탐관오리들이 날뛴다 하옵니다. 암행어사 벼슬을 내려 주시면 탐관오리를 가려 내어 백성들을 괴로움에서 구하겠나이다."

"흠, 기특한 인재로다. 높은 벼슬 다 버리고 암행어사를 구하다니, 그게 바로 나라 위하는 마음이로다."

임금님은 그 자리에서 바로 이몽룡을 암행어

초등필수 단어장

사지 두 팔과 두 다리.
큰칼 지난날, 중죄인의 목에 씌우던 형틀.
간절했다 무엇을 바라는 마음이 강하고 정성스러웠다.
사정 지난날, 관청이나 기관 같은 데서 잔심부름을 하던 남자 하인.
숙배 왕조 때, 서울을 떠나 임지로 향하는 관원이 임금에게 작별을 아뢰던 일.
탐관오리 탐욕이 많고 행실이 깨끗하지 못한 관리.
암행어사 조선 시대, 왕의 명령으로 지방 관원의 잘잘못과 백성의 생활을 비밀리에 살피던 임시 관직. 또는 그 관직에 있던 사람.

사로 임명하였다.

✬ 암행어사라는 신분을
숨기기 위해서 ✬

몽룡은 다음날 부모님께 작별인사를 한 뒤에 <u>담루한 옷차림을 하고</u>
<u>서울을 떠났다.</u>

남원에 거의 닿을 무렵 피곤하여 잠시 바위 위에 앉아 쉬는데, 저 아
래로부터 흰 수건을 질끈 동인 총각 하나가 노래를 부르면서 올라오고
있는 것이 보였다. 자세히 보니 바로 방자였다.

몽룡은 갓을 깊이 눌러 쓰고 방자를 불러 물었다.

"애야, 어딜 가는 길이냐?"

"서울 구관 사또 댁에 편지를 가져가는 길이오."

"그럼 그 편지 좀 보여 주렴."

"남의 부녀자 편지는 봐서 무얼 하려고 보여 달란 거요?"

"목이 컬컬할 테니 내 탁주 값을 주겠다. 그러니 좀 보여 다오. 부녀
자 편지라니 더욱 보고 싶구나."

술값을 준다니 방자는 얼른 편지를 내어 주었다.

"세월이 물 같아서 어느덧 삼 년이 넘었는데 떠나신 뒤 편
지 한 장이 없으니 오직 무심하다 할 뿐입니다. 신관 사또 도
임 후에 수청 들라 하기에 거절했다가 참혹한 형벌을 받아 이
제 죽을 지경에 이르렀습니다. 죽기 전에 도련님 얼굴 한 번
만 보면 소원이 없겠기에 이렇게 편지를……."

몽룡은 편지를 읽으면서 줄줄 눈물을 흘렸다.

방자가 보고 놀라

"이 양반아, 편지 눈물에 젖소. 남의 편지 보고서 울긴 왜 우오?"
하면서 편지를 빼앗으려 했다.

그러다 앗 소리를 내면서 뒤로 물러섰다.

몽룡이 품속에서 어사 마패 같은 것을 만졌기 때문이었다.

그제서야 몽룡이 방자 손을 잡고,

"이 녀석아, 나를 모르겠느냐?"

방자가 자세히 쳐다보더니,

"어엇, 도련님 아니세요?"

방자는 몽룡을 안고 눈물을 흘렸다.

"대체 어찌된 거냐, 춘향이는? 자세히 말해 보거라."

"그 편지 사연 대로죠. 근데 도련님은 어찌된 건가요?"

"글쎄, 어쩌다가 집이며 재산 다 팔아 먹고서 집도 없이 떠돌이 신세
가 되었구나."

그러나 방자는 몽룡의 얼굴을 보며 씩 웃었다.

"도련님, 어사 되셨죠?"

"이 꼴에 어사는 무슨 어사?"

"에이, 이 놈도 십 년 넘게 관청에서 눈치 보
며 자란 몸이오. 그만한 눈치 없겠소?"

몽룡은 방자가 입을 나불거리면 안 되겠다 싶
어 방자를 끌고 주막으로 들어가서 편지를 한
장 썼다.

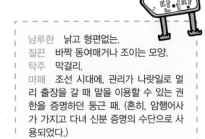

남루한 낡고 형편없는.
질끈 바짝 동여매거나 조이는 모양.
탁주 막걸리.
마패 조선 시대에, 관리가 나랏일로 멀
리 출장을 갈 때 말을 이용할 수 있는 권
한을 증명하던 둥근 패. (흔히, 암행어사
가 가지고 다녀 신분 증명의 수단으로 사
용되었다.)

"이것을 운봉 관가에 가져가서 답장을 받아가지고 오너라."

방자는 신이 나서 나는 듯이 운봉 쪽으로 달려갔다.

그러나 방자는 운봉 관가에 갇히고 말았다.

방자가 가져간 편지에는 잠시 방자를 잡아 가두란 글이 쓰여 있었던 것이다.

몽룡은 남원에 닿자마자 곧장 춘향의 집으로 달려가 소리쳤다.

"이리 오너라!" ☆ 옛날에, 양반이 남의 집 문밖에서 사람을 부를 때 쓰던 말 ☆

그랬더니 향단이 목소리가 들렸다.

"누구요?"

"나다."

향단이가 문을 열고 몽룡이를 자세히 보았다.

"아이고, 이게 누구예요? 서방님 아니세요?"

향단이는 곧 월매에게 알렸다.

"마님, 서울 서방님이 오셨어요." ☆ 신발도 신지 못하고 급하게 뛰어 나와 ☆

월매는 그 말을 듣고 버선발로 뛰쳐 나와 몽룡의 목을 얼싸 안고 울었다.

"애고애고, 이게 누군가? 이 사람아, 자네 나를 찾아 오다니, 부처님의 영험인가? 하늘에서 떨어졌나?"

그리고는 몽룡의 손목을 끌고 방으로 들어갔다.

"어디 오랜만에 우리 사위 얼굴 좀 보세."

불빛에 어사의 얼굴을 본 월매는 기절초풍을 했다.

"아아니, 이 사람, 이 서방, 이게 무슨 꼴인가?"

"장모, 내 말 좀 들어 보오. 책은 만 권이나 읽었지만 과거를 못 보았으니 벼슬길은 멀어지고 집안이 몰락해 이 집 저 집 다니면서 얻어 먹고 다닌다네."

월매가 방바닥을 치며 통곡했다.

"아이고, 다 죽었네. 우리 모녀 다 죽었네, 하느님도 어쩌면 이리 무심하실까?"

몽룡이 민망해서 월매를 안아 일으켰다.

"장모, 진정하시오."

"놔라, 보기 싫다. 이 도적아, 네가 이 꼴을 해가지고 무슨 낯짝으로 날 찾아왔냐?"

"사람을 너무 괄시 마오, 하늘이 무너져도 솟아날 구멍이 있다고 혹시 살아날 길이 있을지 누가 아오? 그나저나 장모, 춘향이나 한번 봐야 되겠소."

"아이고, 그래도 제 것을 찾아 보겠다고?"

문밖에서 듣고 있던 향단이가 들어와서는

"서방님, 지금은 문이 닫혔으니 파루 치면 가 봐요."

그리고 얼마간 시간이 지나자 댕댕댕 종소리가 들려 왔다.

한편 감옥 속의 춘향이는,

'내일이 사또 생일이라, 다시 한번 수청 거절하면 죽이겠다 했는데, 방자는 편지를 서

방 사이의 통행 금지를 푸는 종이 울리면

곧장   다른 길로 돌지 않고 똑바로.
버선발   버선만 신은 발.
사위   딸의 남편.
기절초풍   몹시 놀라서 정신을 잃을 정도로 질겁을 함.
몰락   쇠하여 보잘것없이 됨.
괄시   사람을 업신여겨 함부로 대함.

방님께 전했나? 서방님 편지 보고 날 구하러 오시는가?'

　이런 저런 생각으로 몸을 뒤척이고 있었는데 월매가 나타나 철창을 부여잡고 말했다.

　"나다. 에미 왔다."

　"아이고, 어머니, 또 무얼 하러 오셨어요?"

　"서울서 이 서방이 왔구나. 거지꼴로 네 서방이 여기 왔구나."

　춘향이가 깜짝 놀라 어그적어그적 감옥 문 쪽으로 기어 나왔다.

　"서방님, 정말 오셨나요? 오셨으면 목소리라도 들려 주셔요."

　몽룡이 창살 사이로 얼굴을 디밀었다.

　"춘향아, 고생이 어떠하냐? 모든 일이 다 내 잘못이다."

　"아이고, 무정한 서방님, 어디 갔다 인제 오셨나요?"

　"내가 할 말이 없다."

　"그래도 서방님 보고 죽게 되었으니 이제 한도 없습니다."

　옥 사정이 끼어들었다.

"이제 그만 돌아가시오. 이렇게 와 있는 거 남의 눈에 띄기라도 하면 나도 목이 날아가오."

몽룡은 월매, 향단과 함께 다시 한번 춘향을 위로해 주고 옥문을 나섰다

향단이 쉬어 가라고 몽룡을 잡아 끌었지만 몽룡이 뿌리쳤다.

"나도 오랜만에 남원에 왔으니 만날 사람이 있구나."

어사 출두

이날은 남원 부사 변학도의 생일이라 동헌에 생일상이 차려지고 각 읍의 수령들이 차례로 와서 앉았다.

풍악 소리는 드높은데 남원 일등 기생들이 옥수 나삼을 툭툭 던지며 춤을 추기 시작했다.

★ '옥수'는 여성의 아름다운 손, '나삼'은 비단으로 만든 옷으로, 아름답게 춤추는 모습을 표현했다 ★

이 때 찢어진 갓에 때묻고 낡은 도포를 입은 이몽룡이 앞가슴을 썩 내밀고 안으로 들어오면서 소리를 질렀다.

"먼 데 있는 걸객이 사또 잔치에 안주 한 점, 술 한 잔 얻어 먹으려고 왔노라!"

사령이 말렸지만 몽룡은 사령을 밀어 젖히고 마당으로 들어와 섬돌 끝에 주저앉았다.

변학도가 "저 놈을 끌어내라!"고 소리쳤지만 몽룡은

"날 끌어내는 놈은 내 아들놈이다."

초드필수 답·어휘

부여잡고   붙들어 잡고.
어그적어그적   다리를 부자연스럽게 움직이면서 느릿느릿 걷는 모양.
걸객   지난날, 몰락한 양반으로서 의관을 갖추고 다니며 얻어먹던 사람.
섬돌   한옥에서, 마루 아래나 마당에 놓아 디디고 오르내릴 수 있게 한 돌이나 돌층계.

하고 버티었다.

운봉 현감은 어사 나타났다는 소문을 들은 뒤라 '혹시나?' 해서 나섰다.

"저 걸인이 비록 옷차림은 남루하나 양반의 자손인 듯하니 자리 끝에 앉히고 술이나 한잔 먹여 보냅시다."

잠시 기다리니 심부름하는 아이가 개다리소반에 콩나물 한 접시, 뿌연 막걸리 한 사발을 얹어서 가져왔다. ☆ 성대한 잔치에 어울리지 않는 초라한 밥상을 내놓음 ☆

몽룡은 심사가 뒤틀려 일부러 술을 쏟아 도포 자락에 흠뻑 묻혀서는 좌중에다 뿌리고 털고 했다.

그러자 사람들이 얼굴을 찌푸렸다.

"에엣, 이런 좋은 자리에서 이게 무슨 실례람."

변학도는 '어찌하면 저 놈을 쫓을까?' 궁리하고 있다가 마침내 꾀를 내었다.

"우리 술만 마시며 놀 것이 아니라 시를 한 수씩 지어 보는 것이 어떻겠소?"

변학도는 몽룡의 행색이 초라하고 행동거지가 무례한 것으로 보아 양반 자식이라고는 하나 배운 바가 없을 거라 생각했던 것이었다. 그러자 모두들 변학도의 속마음을 눈치채고 무릎을 쳤다. 좋은 생각이라며 ☆ 그 꾀에 감탄하는 모습 ☆

"그렇다면 사또께서 먼저 운을 띄워 보시구려."

변학도가 소리쳤다.

"기름 고에 높을 고." ☆ 膏(기름 고) 高(높을 고)

모두들 시를 짓느라 끙끙거리는데, 몽룡은 붓을 들자마자 시 한 수를 지어 휙 던지고 사라졌다.

운봉 현감이 시 지은 종이를 주워서 읽기 시작했다.

금준미주 천인혈(금동이의 향기로운 술은 만 백성의 피요)
金 樽 美 酒 千 人 血
옥반가효 만성고(옥소반의 맛있는 안주는 만 백성의 기름이라)
玉 盤 佳 肴 萬 性 膏
촉루낙시 민루락(촛불 눈물 떨어질 때 백성의 눈물 떨어지고)
燭 淚 落 時 民 淚 落
가성고처 원성고(노랫소리 높은 곳에 백성의 원망 소리 높았더라)
歌 聲 高 處 怨 聲 高

운봉 현감은 간이 톡 떨어지는 듯하여 어쩔 줄 몰랐으나 변학도는 신

경 쓰지 않고 소리쳤다.   *그가 암행어사라는
                                   것을 눈치챔*

"악공들은 풍악 소리를 높이고 사령들은 바삐 춘향을 끌고 오라!"

춘향이 칼을 쓴 채로 끌려 나오자 변학도가 다시 소리쳤다.

"오늘도 내 말을 아니 들으려느냐? 그렇다면 오늘이 네 제삿날이 될

것이니 잘 생각해 보거라. 수청을 들겠느냐? 아니 들겠느냐?"

춘향이 고개를 빳빳하게 들고 쏘아붙였다.   *유교 사상*

"충신은 두 임금을 섬기지 아니하고 열녀는 두 지아비를 섬기지 아니

한다 들었습니다. 죽이든 살리든 사또 마음대로 하십시오."

"저것이 그래도 정신을 못 차렸구나. 여봐라,

무엇들 하느냐? 어서 형틀 준비하고 저것을 매

우 쳐라."

사령들이 형틀을 가져온다 어쩐다 준비를 하

는데, 갑자기 사방에서 마두 역졸들이 육모 방

개다리소반 다리를 개의 다리처럼 구부
정하게 만든 작은 상.
좌중 여러 사람이 모여 있는 자리.
운 한시의 끝 구에 쓰는 글자.
지아비 '남편'을 예스럽게 이르는 말.
역졸 고려·조선 시대에, 역에 딸리어
심부름하던 사람.

*초등필수
단·어장*

망이를 들고 동헌으로 날아들었다.

"암행어사 출도야!"

이 소리에 강산이 무너지고 천지가 뒤집히는 듯하여 산천초목이 함께 벌벌 떨었다.

암행어사의
위세가 대단함

그 뒤를 따라 금빛 관에 붉은 관복을 입은 몽룡이 말 위에 높이 앉아 동헌 마당으로 들어섰다.

역졸들은 비호같이 대청 위로 올라가 상을 뒤엎고 육모 방망이로 마구 부

순 뒤에 변학도를 오랏줄에 묶어 마당으로 끌어
내렸다.

몽룡이 마당에 꿇어 앉은 변학도를 보고 소리
쳤다.

"남원 부사 변학도는 평소에 욕심이 많아 백성들을 괴롭혔으니 벼슬
을 떼며 가산을 몰수하노라!"

변학도는 고개를 떨구고 눈물을 흘렸다.

몽룡은 다음에는 마당에 큰칼 쓰고 앉아 있는 춘향을 보더니,

"저 계집은 무엇이냐?"

이방이 대답했다.

"예에, 기생 월매의 딸 춘향이인데 사또 수청을 거부하고 수절을 한
다 하여 저리 되었나이다."

어사는 캥 하고 기침을 한 번 한 뒤에,

"너 같은 것이 수절한다고 감히 부사 명을 거역했으니 어찌 살기를
바라겠느냐? 죽어 마땅한 일이나 내 수청을 들겠다면 용서하마."

그러자 춘향이 고개를 빳빳하게 들고 말했다.

"내려오는 관리마다 엉망이로구나. 어사또는 들으시오. 층
암절벽 높은 바위 바람 분다고 무너지는 것 보셨소이까?
그런 분부 마시고 바삐 죽여 주시오."

그러자 어사또는 얼굴을 가리고 있던 부채
를 치우고 뜰 아래로 내려 서더니 춘향
이 손을 잡았다.

춘향전 145

"얼굴을 들어 나를 보라."

춘향이 어디서 듣던 목소리라 얼굴을 들어 보니 바로 서방님 얼굴이었다. 춘향은 놀라 기절할 지경이어서 한동안 말을 잊고 몽룡의 얼굴만 들여다보다가,

"아이고, 서방님, 이것이 어찌된 일입니까? 이것이 정녕 생시란 말인가요?"

몽룡은 대답 없이 빙긋 웃기만 했다.

그 때 문간에서 머뭇거리고 있던 월매가 안으로 뛰어들며 소리쳤다.

"아이고, 고을 사람들아, 이 일이 웬일이오? 내가 늙어 눈이 멀었지, 어젯밤 사위님이 내 집을 찾아왔을 적에 하도 모양새 초라하여 구박을 하기는 했지마는 잘 되라고 그런 것이고 참말로 미워서 그랬겠는가?"

그러면서 월매는 울다가 웃다가 했다.

운봉 관가에서 풀려난 방자도 나타나 월매와 함께 한바탕 웃고 울고 했다.

몽룡은 사인교를 준비하여 월매와 춘향을 집으로 태워 보내고 공문서를 처리했다.

그리고 며칠 뒤 춘향은 월매와 향단과 함께 몽룡을 따라 서울로 향하니 남원 사람들이 모두 나와 춘향의 정절을 칭송하면서 잘 가란 인사를 해 주었다.

생시 자지 않고 깨어 있는 때.
하도 매우.
사인교 앞뒤에 각각 두 사람씩 모두 네 사람이 메는 가마.
공문서 공공 기관이나 단체에서 공식적으로 보내는 문서.
정절 여자의 곧은 절개.

146

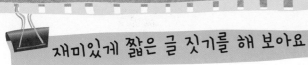
재미있게 짧은 글 짓기를 해 보아요

1 경치 :

2 그네 :

3 불쑥 :

4 재촉 :

5 빗장 :

6 꿈 :

7 백년가약 :

8 천지명 :

9 인연 :

10 벼슬 :

재미있게 긴 글 짓기를 해 보아요

다음 단어들을 사용하여 글을 지어 보세요(본문을 참고하세요).

1 성품, 효성, 효녀, 칭송 :

2 미혼, 오늘 밤, 백년가약, 허락 :

3 거문고, 노래, 밤 :

4 죄, 눈물, 마음 :

5 몽룡, 다음날, 작별인사, 남루 :

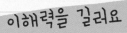

이해력을 길러요

빈칸에 알맞은 단어를 넣어 보세요.

(예사, 불쑥, 필시, 빗장, 그네, 얼른, 단오, 꾼, 백년가약, 둥)

1 때는 바야흐로 오월 [   ] 일년 가운데 가장 좋은 시절이었다.

2 방자는 나는 듯이 뛰어가 [   ] 타는 춘향이 앞에 [   ] 나타났
다.

3 할 수 없이 방자가 담을 넘고, 대문의 [   ] 을 살짝 빼 주어 몽룡은 집 안
으로 들어섰다.

4 아까 낮에 잠깐 [   ] 꿈이 [   ] 꿈이 아니로다. [   ]
춘향을 물고 하늘로 올라가는 꿈이니, [   ] 우리 춘향이가 이 도련님하고
[   ] 맺는 꿈이 틀림없다.

5 해가 지자 몽룡은 저녁밥도 먹는 [   ] 마는 둥하고 [   ] 춘향
이네 집으로 달려갔다.

사고력을 길러 보아요

1 몽룡은 춘향을 어디서 처음 보았나요?

2 춘향이의 신분은 어떠한가요?
   1) 대갓집 규수   2) 천민
   3) 양반   4) 기생과 양반 사이의 딸

3 안수해, 접수화, 해수혈은 무슨 뜻인가요?

4 만약 내가 이 도령이라면 춘향이 그네 뛰는 모습을 보고 어떻게 했을까요?

5 월매는 어떤 꿈을 꾸었나요?

6 아버지가 동부승지로 승진했을 때 몽룡은 무엇을 걱정했나요?

7 내가 춘향이라면 삼 년 동안 편지 한 장 없는 이도령을 기다렸을까요?

8 변학도는 어떤 사람인가요?

9 내가 춘향이라면 변학도의 수청 요구에 어떤 말로 거절했을까요?

10 춘향이가 이 도령을 끝까지 기다린 것에 대해 어떻게 생각하나요?

논리력을 길러 보아요

1 몽룡은 왜 그 날 밤 춘향의 집에 갔을까요?

2 월매는 몽룡의 청에 왜 그렇게 쉽게 허락을 했을까요?

3 몽룡은 왜 아버지가 승진했는데 눈물을 흘렸을까요?

4 몽룡은 왜 아버지에게 춘향과 백년가약을 맺었다고 솔직하게 말을 못 했을까요?

5 춘향은 왜 서울 간 몽룡을 삼 년이나 기다렸을까요?

6 변학도는 왜 춘향에게 수청 들라 했을까요?

7 몽룡은 어사가 되었는데도 왜 월매에게 바른 대로 말하지 않았을까요?

8 몽룡은 왜 거지 꼴로 변학도의 생일 잔치에 갔을까요?

다 했으면 가시면 힘내자!!

양반전

 읽기 전에 줄거리부터

시골 한 양반이 관가에 곡식을 꾸어 먹고 갚을 길이 없자 천부에게 양반을 팝니다.

군수가 그 사실을 알고 양반 증서를 천부에게 써 주고 도장을 찍어 주는데, 양반을 산 천부는 양반이 좋은 점이 없다 생각하고 이롭게 고쳐 달라 합니다.

군수가 고쳐 주는데, 이번에는 양반 심보가 도둑 심보라 천부는 다신 양반이란 말을 입밖에 내지 않았습니다.

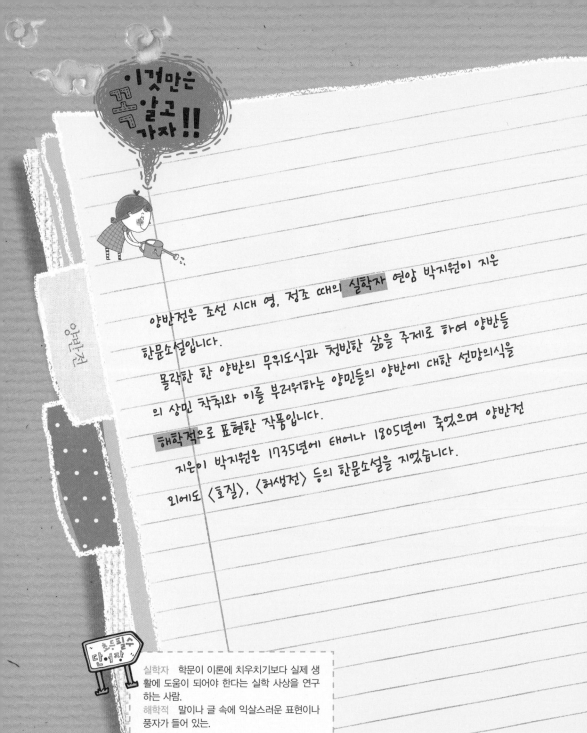

양반전

양반전은 조선 시대 영, 정조 때의 **실학자** 연암 박지원이 지은 한문소설입니다.

몰락한 한 양반의 무위도식과 청빈한 삶을 주제로 하여 양반들의 상민 착취와 이를 부러워하는 양민들의 양반에 대한 선망의식을 **해학적**으로 표현한 작품입니다.

지은이 박지원은 1735년에 태어나 1805년에 죽었으며 양반전 외에도 〈호질〉, 〈허생전〉 등의 한문소설을 지었습니다.

꼭두 필수 단어장

실학자 학문이 이론에 치우치기보다 실제 생활에 도움이 되어야 한다는 실학 사상을 연구하는 사람.
해학적 말이나 글 속에 익살스러운 표현이나 풍자가 들어 있는.

양반전

정선군에 한 양반이 있었는데, 성품이 어질고 글읽기를 좋아했다.

그 때문에 마을에서 신망이 높아 고을 군수가 처음 부임하면 반드시 이 양반의 집을 찾아가 인사를 했다.

그런데 이 양반은 집이 몹시 가난하여 해마다 관가에서 쌀을 꾸어 먹었다.

이렇게 여러 해가 지나고 보니 꾸어 먹은 곡식이 천 석이나 되었는데, 바로 이 때 관찰사가 각 고을을 돌아다니며 관곡을 조사하게 되었다.

관찰사는 이 고을에서 곡식이 천 석이나 축난 것을 알고 군수에게 화를 내었다.

"대체 어떤 양반이 곡식을 천 석이나 꾸어 먹고 갚지 않는단 말이오? 어서 이 양반을 잡아 가두시오."

신망 어떤 사람을 믿고 우러르거나 기대함.
관곡 관가의 곡식.
축난 일정한 수나 양에서 모자람이 생긴.

군수는, 양반의 어려운 형편을 잘 아는지라 꾸어 먹은 곡식을 갚으라고 할 수도 없고 그렇다고 잡아 가둘 수도 없어 매우 곤란했다.

양반은 군수가 곤란한 지경에 빠졌다는 말을 전해 듣고 밤낮으로 울기만 했다. 양반 역시 어찌 할 도리가 없었던 것이다. 무능력한 양반의 모습 ★

그러자 아내가

"평생 당신은 글을 읽었으나 꾸어 먹은 곡식 갚을 방도조차 없으니 참 불쌍합니다. 양반, 양반 하더니 한 푼어치도 못 되는 양반이구려."
라고 쏘아붙였다.

한편, 마을에는 신망 높은 양반이 관에서 곡식을 꾸어 먹었으나 갚을 길이 없어 울고 있다는 소문이 크게 났는데, 이 소문을 들은 천부 한 사람이 집안 식구를 모으고 말했다.

"양반이란 가난해도 항상 존경을 받는데 우리는 부자라고 해도 늘 천

대만 받는다. 게다가 말도 탈 수 없고, 양반만 보면 굽실거리며 뜰 아래 엎드려 절을 해야 하며, 코가 땅에 닿도록 무릎으로 기어 다녀야 한다. 이런 치욕스런 일이 어디 있단 말인가? 마침 양반이 가난하여 관곡을 갚을 길이 없다 하니 양반이란 신분을 우리가 사서 가져오는 것이 좋겠다."

집안 식구들이 모두 찬성했다.

천부는 곧 양반의 집을 찾아가 말했다.

"관에서 꾸어 먹은 곡식을 대신 갚아 드릴 테니 저에게 양반을 팔지 않으시겠습니까?"

양반은 크게 기뻐하며 이를 허락했다.

천부는 곧 관가로 가서 양반이 꾸어 먹은 곡식을 갚았다.

군수는 양반을 위로할 겸, 또 관곡을 어찌 갚았는지 알아볼 겸해서 양반을 찾아갔다.

그런데 양반은 벙거지를 쓰고 짧은 옷을 입고 뜰 아래 엎드려서 절을 하면서 스스로 소인이라 일컬었다.

군수는 뜰로 뛰어 내려가 양반의 손을 붙잡고

"아니 왜 이렇게 못난 짓을 하시오?"

하고 물었다.

양반은 더욱 두려워하는 낯빛으로 머리를 수그리고,

"실은 소인이 양반을 팔아서 관곡을 갚은 것입니다. 그러니 이제 저는 양반이 아니옵고, 천부가 양반이 되었습니다."

방도 일을 하거나 문제를 해결해 나갈 방법이나 수단.
천부 신분이 낮은 남자.
천대 귀하게 여기지 않고 함부로 다루거나 푸대접함.
치욕스런 수치스럽고 욕된.
벙거지 지난날, 병졸이나 하인이 쓰던 털로 두껍게 만든 검은 모자. 위는 높고 둥글며, 넓은 차양이 있다.

군수가 말했다.

"그 천부야말로 군자며 양반이로군. 부자이면서도 인색하지 않으니 의롭고, 사람의 어려움을 급하게 여겨 구하였으니 어질고, 낮은 것을 미워하고 높은 것을 사모하니 슬기롭다. 그러나 개인끼리 양반을 사고 팔았으니 증서를 만들어 주지 않으면 나중에 소송거리가 될 수도 있다. 고을 사람들을 모아 놓고 증서를 만든 다음, 군수인 내가 거기다 도장을 찍어야 될 것이다."

군수는 곧 고을 안에 사는 모든 사람을 다 향소로 불렀다.

그리고 천부는 향소의 바른편에 앉히고 양반은 아전이 있는 뜰 아래 서게 한 다음 양반을 사고 파는 증서를 만들었다.

알고 나면 더 재밌어요!

양반이 지켜야 할 것은?
군수는 양반이 되고 싶어하는 천부에게 양반이 지켜야 할 규범을 말해 준다. 양반은 어떤 경우에도 체면을 지켜야 하고 의관을 갖춰야 한다. 가난하다는 말을 입밖에 내는 것, 쌀 값을 묻는 것 등도 해서는 안 된다고 한다. 실리적인 것보다 겉보기와 체면을 중시하는 양반의 속성을 알 수 있다.

"건융 십 년 구월 모일에 증서를 만드노라.

천 석의 관곡을 갚기 위하여 양반을 판다.

원래 양반이란 여러 가지가 있는데 글만 읽는 이를 선비라고 하며, 정치에 관여하게 되면 대부가 되고, 덕이 있으면 군자라 한다.

양반은 새벽 네 시만 되면 일어나서 촛불을 켜고 글을 읽어야만 하고, 배고픔과 추위도 참아야 하며, 가난하다는 말을 입밖에 내지 말아야 한다.

또한 기침은 적게 하고, 머리에 쓰는 관은 꼭 소맷자락으로 쓸어서 반듯이 쓰고, 양치질은 지나침이 없어야 하고, 종을 부를 때는 긴 목소리

의롭고 떳떳하며 올바르고.
사모 마음 속으로 애타도록 그리워함.
향소 조선 시대에, 군과 읍의 수령을 보좌하던 자문 기관.
대부 고려·조선 시대에, 벼슬 품계에 붙이던 칭호.
군자 학식이 뛰어나고 인격이 훌륭하며 행실이 바른 사람.

로 부르고, 걸음을 걸을 때는 천천히 걸어야 한다.

손에는 돈을 쥐면 안 되고, 쌀값을 묻지 말아야 하고, 아무리 더워도 버선을 벗지 말아야 한다.

밥을 먹을 때도 반드시 관을 써야 하고, 먹을 때도 국물을 먼저 떠 먹어서는 안 된다.

물을 마실 때는 소리를 내지 말아야 하며, 술을 마실 때는 수염을 적셔서는 안 되고, 속상한 일이 있어도 아내를 때리지 말아야 한다.

주먹으로 아이들을 때려서도 안 되고, 병이 나도 무당을 부르지 말며 화로에 손을 쬐지 말며, 말할 때는 침이 튀지 않게 해야 한다.

만약 양반의 행실이 이와 다르다면 이 증서를 가지고 관가에 가서 재판을 할지어다."

증서를 다 만들자 군수가 먼저 서명을 하고 이어 좌수와 별감도 증인으로 서명을 하였다.

한편, 호장이 증서를 다 읽자 천부 부자는 한참 슬픈 표정으로 있다가 말했다.

☆ 양반이라는 이름은 허울뿐이라는
작가의 생각이 드러난다 ☆

"양반이 되었는데 좋은 점이 하나도 없지 않습니까? 양반은 신선과 같다고 하여 많은 곡식을 주고 산 것인데 너무 억울합니다. 좀 이롭게 고쳐 주시기 바랍니다."

그래서 군수는 증서를 고쳐 썼다.

"백성의 종류는 네 가지가 있는데, 네 가지 중에서 가장 귀한 자는 선비이며 이를 양반이라 한다. 양반은 농사나 장사는 하지 않아도 살 수 있고 조금만 공부하면 벼슬을 얻을 수 있으며, 못해도 진사는 할 수 있다.

진사를 하다가 다른 훌륭한 벼슬을 또 할 수 있고 마당에는 학을 먹여 키울 수 있다.

가난한 선비가 되어서 시골에 가 살아도 자기 뜻대로 할 수 있으니, 이웃 집 소가 있으면 내 논밭을 먼저 갈게 하고, 마을 사람들을 불러 내 밭 김을 먼저 매게 하는데 어느 놈이든지 감히 말을 잘 듣지 않으면 코로 잿물을 먹이고 상투를 붙들어 매고 수염을 자르는 등, 갖은 형벌을 해도 상민은 감히 원망을 할 수 없다." ☆ 신분을 이용해 나쁜 짓을 자행하는 양반을 비꼼 ☆

천부 부자는 이러한 내용을 듣다가 질겁했다.

"아이고, 맹랑하옵니다. 양반이란 도둑 심보를 가진 자가 아닙니까? 대체 나를 도적놈으로 만들 심산이란 말입니까?" ☆ 작가는 양반을 '도적놈'이라고 표현하며 신분 제도를 마음껏 비웃고 있다 ☆

그리고는 머리를 설레설레 내젓고, 평생 다시는 양반이란 말을 입 밖에 내지 않았다.

좌수 조선 시대에, 향소의 우두머리를 이르던 말.
별감 향소의 좌수에 버금가는 자리.
진사 조선 시대에, 과거의 예비 시험인 진사과에 합격한 사람을 이르던 말.
잿물 지난날, 빨래를 삶을 때 때를 빼기 위해 넣던 독성이 강한 물질.
상민 예전에, 양반이 아닌 평민을 이르던 말.
질겁 뜻밖의 무섭거나 두려운 일에 깜짝 놀람.
맹랑하옵니다 터무니없고 기막힙니다.

초등필수
단어장

논술 실력을 늘려줘요

재미있게 짧은 글 짓기를 해 보아요

1 예의 :

2 존경 :

3 소송 :

4 증서 :

5 천대 :

6 도적놈 :

재미있게 긴 글 짓기를 해 보아요

다음 단어들을 연결하여 글을 지어 보세요(본문을 참고하세요).

1 양반, 가난, 해마다, 쌀 :

2 부자, 인색, 의롭고, 사모, 슬기 :

3 주먹, 무당, 화로, 침 :

4 진사, 훌륭한, 마당 :

이해력을 길러요

빈칸에 알맞은 단어를 넣어 보세요.

(종류, 신선, 증서, 존경, 네 가지, 곡식, 귀한, 도둑, 소송거리, 부자, 양반)

1 양반이란 가난해도 항상 [   ]을 받는데 우리는 [   ]라고 해도
늘 천대만 받는다.

2 개인끼리 양반을 사고 팔았으니 [   ]를 만들어 주지 않으면 나중에
[   ]가 될 수도 있다.

3 양반은 [   ]과 같다고 하여 많은 [   ]을 주고 산 것인데 너무
억울합니다.

4 백성의 [   ]는 네 가지가 있는데, [   ] 중에서 가장
[   ]자는 선비이며 이를 [   ]이라 한다.

5 양반이란 [   ] 심보를 가진 자가 아닙니까?

사고력을 길러 보아요

1 양반의 성품은 어떠했으며 무엇을 좋아했나요?

2 양반이 관곡 갚을 방도가 없다는 소문을 듣고 천부는 어떻게 했나요?

3 내가 천부라면 어떻게 할까요?

4 내가 양반이라면 어떻게 할까요?

5 관찰사는 관곡이 축난 것을 알고 어찌 했나요?

논리력을 길러 보아요

1 고을 군수는 부임하면 왜 이 양반을 찾았나요?

2 양반은 왜 관곡을 꾸어 먹었나요?

3 천부는 왜 양반을 사려고 했나요?

4 고을 군수는 왜 양반을 가둘 수 없었나요?

토끼전

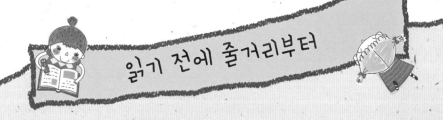

읽기 전에 줄거리부터

남해 바다 용왕이 병이 들었는데 백 약이 무효인데 딱 한 가지 토끼의 생간을 먹으면 낫는다 하여 별주부 자라가 육지로 토끼를 잡으러 갑니다.

자라는 토끼를 만나 부귀영화를 누리게 해주겠다고 구슬려 토끼를 용궁으로 데려옵니다.

그러나 토끼는 속았다는 것을 알게 되고 잠시 절망에 빠지지만 곧 살 궁리를 하게 되고 간을 빼놓고 왔으니 가져오겠다는 거짓말을 합니다. 거짓말에 속은 용왕은 다시 토끼를 육지로 돌려보내고 토끼는 살아납니다.

이번에는 별주부가 절망에 빠져 죽으려 하지만 화타가 나타나 약을 주어 용궁으로 돌아가 용왕을 살리게 됩니다.

작자와 연대가 정확하게 알려져 있지 않은 고대소설입니다.

〈춘향전〉, 〈심청전〉 등과 같이 조선 영, 정조 때에 판소리 〈토끼 타령〉을 소설로 개작한 작품으로, 한글본은 '별주부전'·'토생원전'·'토끼 의 간' 등의 다른 이름이 있고, 한문본은 '별토전'·'토별산수록' 등 여러 이본이 있습니다.

내용은 원래 《삼국사기》의 김유신 전에 있는 〈귀토설화〉를 기본으로 하고 여기에 재미있고 우스운 익살을 넣은 것으로, 꾀 많은 토끼와 어리석은 용왕과 우직한 자라를 의인화하여 풍자한 풍자소설이기도 합니다.

비슷한 설화는 인도의 불전인 자카타에도 있고 자라와 원숭이를 소재로 한 설화 〈별미후경〉도 내용이 비슷합니다. 일본에는 〈수모원〉이란 동화가 이와 비슷한 내용입니다.

토끼전

초등필수
단·어·장

고대소설 옛 시대에 쓰인 소설. 갑오개혁 이 전까지의 소설을 이름.
개작 완성된 작품을 고쳐 새롭게 만듦.
《삼국사기》 고려 시대에 김부식이 엮은, 고 구려·신라·백제 삼국의 역사책. 우리나라의 가장 오래된 역사책이다.

토끼전

물으로 간 자라

남해 바다 용왕이 어느 날 갑자기 병을 얻었는데 백 약이 무효였다.

그래서 용왕은 중국에 있는 세 사람의 현인을 불러들여 병세를 살펴 보게 했는데, ☆중국의 전설적인 의원들의 이름 ☆

"대왕께서는 술과 여자를 가까이 하여 병이 난 것입니다. 이런 중병 에 걸리면 화타와 편작이라도 고칠 수 없습니다."

용왕은 하염없이 눈물을 흘리며,

"그러면 살아날 방법이 없단 말이오?"

세 현인이 입가에 미소를 띠고 말했다.

"딱 한 가지 약이 있으니…… 그것은 토끼의 생간입니다."

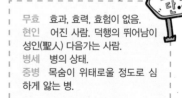

무효 효과, 효력, 효험이 없음.
현인 어진 사람. 덕행의 뛰어남이 성인(聖人) 다음가는 사람.
병세 병의 상태.
중병 목숨이 위태로울 정도로 심하게 앓는 병.

용왕은 즉시 신하들을 모두 모았다.

"과인의 병에는 오직 토끼의 생간만이 효험 있다니 누가 인간 세상에 나아가 토끼를 사로잡아 오겠느냐?"

모두들 입을 꾹 다물고 있었는데, 별호를 '별주부'라 하는 자라가 나섰다.

"제가 인간 세상으로 나가 토끼를 사로잡아 오겠습니다."

용왕은 크게 기뻐하고 별주부의 잔에 술을 부어 권했다.

"충성을 다하여 토끼를 사로잡아 오라."

자라는 용왕에게 하직 인사를 올리고 만경창파 깊은 물에 허위 둥실 떠올라서 바람 부는 대로 물결 치는 대로 정처없이 흘러갔다.

그러다 드디어 육지에 올랐는데 때는 춘삼월, 좋은 시절이라 꽃들은 향기를 풍기며 피어 있고 나비는 이리저리 날아 들고, 하늘하늘한 버들 가지는 시냇가에 휘늘어져 있었다.

✤ 음력 3월을 이르는 말 ✤

"허어, 좋구나 좋아."

자라는 실컷 경치 구경을 한 뒤에 토끼가 있나 하고 좌우를 살폈다.

그 때 바로 앞쪽에서 토끼 한 마리가 껑충거리며 내려오는 것이 보였다.

자라는 음성을 가다듬고 토끼를 향하여 소리쳤다.

"그대가 바로 토 선생이 아니신가?"

토끼는 자신을 높여서 부르는 것을 듣고 기분이 좋아 대답했다.

"이 깊은 산중에서 날 찾다니, 댁은 누구시오?"

자라가 발짓했다.

"어서 이리 가까이 오시오."

토끼는 멈칫멈칫 다가와 자라와 인사를 나
누었는데 자라가 말했다.

"토 선생의 높은 명성은 들은 지 오래 되었
소. 그리하여 평생 한 번 만나 뵙는 것이 소원
이었는데 오늘 드디어 만나게 되었구려."

토끼가 대답했다.

"내 태어난 뒤로 온 세상을 두루 다녀 인물 구경도 많이 하였으나 그
대같이 이상하게 생긴 짐승은 처음이오. 성함은 뭐라 하오?"

자라는 토끼의 대답을 듣고 불쾌하여 속에서 화가 치밀어 올랐으나
꾸욱 눌러 참고,

"내 성은 별이요, 호는 주부로 바다 속의 영웅이며 바다 생물
들의 어른이오. 그런데 토 선생, 인간 세상에 사는 재미는 어떠
하오?"

토끼가 웃으며,

"인간 재미를 말해 주면 그대는 너무 재미있어서 오
줌을 줄줄 쌀 것인데……."

초등필수
달·인장

사로잡아 사람이나 동물을 산 채
로 잡아.
자라 자라과의 동물. 몸길이는
30cm가량으로, 거북과 비슷하나
등딱지가 딱딱한 판이 아닌 부드러
운 피부로 덮여 있다.
만경창파 끝없이 넓은 바다.
정처없이 뚜렷이 정해진 목적지
없이.
두루 빠짐없이 골고루.
성함 남을 높여 그의 성명을 이르
는 말.

자라가 비웃었다.

"헛된 자랑만 말고 대강 얘기해 보시오."

토끼는 입술에 침을 발라 가며 길게 늘어놓았다.

"뒷산에서 약초 캐고 앞내에서 고기 낚아 입에 맞고 배부르니 이 아니 즐거운가?"

자라가 웃음을 터뜨렸다.

"허허, 그대의 말을 누가 곧이 듣겠소? 아마도 토 선생에겐 여러 가지 어려움이 있을 것이오. 두 귀를 쫑긋 세우고 자세히 들어 보시오. 첫째, 동지 섣달 엄동철에 백설은 흩날리고 층암절벽 빙판 되니 아무 데도 갈 수 없다, 먹을 것 전혀 없어 콧구멍만 핥다 보니 온 몸에 한기 들어 사지가 뻣뻣하네. 둘째, 봄 날씨 화창하니 풀잎이나 뜯어 먹으려고 산 속으로 들어가니 무서운 저 독수리 화살같이 달려든다. 셋째, 소리는 우레 같고 두 눈은 횃불 같고, 몸집은 바윗덩이, 시뻘건 입을 여니 써레 같은 이빨에 번개같이 날랜 몸, 아이고, 호랑이다. 다리야, 날 살려라. 넷째, 죽음을 겨우 면하고 평원 광야 내달으니 나무 베는 초동이며 소 먹이는 아이들이 창과 몽치 둘러메고 토끼 잡자 달려든다. 이것이 그대 처지 아니겠소? 그런데 무슨 경황에 낚시하고 약초 캔다 하시오?"

토끼는 할 말이 없어 잠시 입맛만 쩝쩝 다시다가,

"말씀도 잘도 하고 아는 것도 정말 많소. 그렇다고 남의 상처 너무 들추지 마소. 듣는 토 선생 괴롭소. 그건 그렇고 그대 수궁 재미는 어떤

알고 나면
더 재밌어요!

토끼의 처지

사방에 위험이 널려 있어 잠시도 안심하고 살 수 없는 토끼의 처지를 하나하나 들어 토끼의 마음을 움직이려 하고 있다.

지 한번 들어 봅시다."

자라 목청을 가다듬어,

★ 구슬과 조개로 꾸민 궁궐,
즉 호화스럽게 꾸민 궁궐이라는 뜻 ★

"오색 구름 깊은 곳에 주궁 패궐 높은 집이 공중에 솟았는데 백옥 층계, 호박 주춧돌, 산호 기둥, 황금 기와, 유리창엔 수정렴이 휘황 찬란, 아이고, 눈부셔라. 어디 그뿐인가? 날마다 잔치인데 달 같은 미녀들이 쌍쌍이 춤을 추네. 아마도 별천지는 수궁뿐인가 하노라."

★ 건물의 모든 부분이 보석으로
이루어진 매우 휘황찬란한 궁궐이다 ★

토끼는 자라의 말을 듣고 의심했으나 내색 않고,

"그대는 진실로 복 많은 친구인가 하오. 나는 본래 팔자 기구하여 산 중에서 이렇게 고생하고 있는데……."

★ 토끼가 귀가 솔깃해졌음을 눈치챔 ★

자라가 그 말을 듣고 '옳다' 하고 토끼를 꾀기 시작했다.

"옛 글에 '위태한 곳에 가지 말고 어지러운 나라에 처하지 말라.'고 하였는데 토 선생은 어찌하여 이처럼 위태로운 육지에 있는 것이오? 토 선생이 만일 육지를 떠나 수궁으로 들어가면 매일 잔치하며 즐겁게 살 수 있을 것이오."

토끼는 그 말을 듣고 수상하게 여겼다.

"육지에 살던 짐승이 바다 속에 들어가면 첫째 숨을 쉬지 못할 것이니 세상 만물이 숨 못 쉬고 어찌 살며, 또 사지는 멀쩡하여도 헤엄칠 줄 모르니 만경창파 깊은 물을 무슨 수로 건너가겠소? 부질없이 욕심 내다가 죽음을 맞을 뿐……."

자라는 토끼를 안심시키기 위해 일부러 크게 웃고,

"대장부로 태어나서 어찌 그리 마음이 약하

초등필수 단어장

엄동철 몹시 추운 겨울철.
한기 서늘하거나 다소 추운 기운.
써레 갈아 놓은 논밭의 바닥을 고르는 데 쓰는, 소나 말이 끄는 농구.
초동 땔나무를 하는 아이.
수정렴 수정으로 만든 구슬을 꿰어 꾸민 발.
기구하여 사는 것이 온갖 어려움이 많아 불행하여.
부질없이 헛되어 쓸데가 없이.
대장부 씩씩하고 마음이 넓고 의로운 남자.

오? 내 어찌 토 선생을 몹쓸 곳에 데려 가겠소?"

토끼는 의심이 조금 풀려서,

"나는 본래 깊은 산중에서만 살아 아는 것이 별로 없다오. 그러니 그대가 나를 바르게 가르쳐 주는 것이 어떻겠소?"

자라는 그 말을 듣고 '오호라, 이 녀석에 이제 내게 반쯤은 넘어왔구나.' 생각하고 더욱 달콤한 말로 꾀었다.

"내 토 선생의 관상을 보니 털빛이 누릇누릇, 대뜩해뜩한 금빛이니 부자가 되겠고, 두 귀가 희고 쫑긋하니 남의 말을 잘 들어 귀하게 될 것이며, 미간이 탁 틔어 화려하니 벼슬길에 올라 이름을 빛내겠고, 또 팔팔 뛰는 버릇이 있으니 고향을 떠나야만 만사형통할 것이라……."

토끼는 솔깃해져 귀를 쫑긋 세웠다.

"나의 관상이 그토록 뛰어난 줄은 미처 몰랐소. 내 그대를 자세히 보니 역시 보통 짐승은 아닌 것 같소. 마음이 착하고 넓으니 남을 속이지는 않을 터, 그런데 수궁에 들어가면 정말 벼슬을 쉽게 얻을 수 있겠소?"

자라는 속으로 '이제 이 녀석이 내 꼬임에 거의 넘어왔구나.' 생각하고 신이 나서 목소리를 높였다.

"우리 대왕께서는 어진 신하를 얻으려고 애쓰는지라 한 가지 재주만 있어도 높은 벼슬을 준다오. 그래서 나같이 별 볼일 없는 인물도 주부 벼슬을 받았다오. 토 선생은 훌륭한 짐승이니 수궁에 가면 태사관이 되어 이름을 드날릴 것이오."

토끼는 기분이 좋아져서 크게 웃었다. 그런데 잠시 뒤에 갑자기 얼굴을 찡그리고,

"그대의 말이 좋으나 어젯밤 꿈이 불길하여 조금 꺼림칙하오."

자라는 가슴이 덜컥했으나 내색하지 않고 태연하게 물었다.

"내 젊어서 약간의 해몽법을 배웠으니 꿈 이야기를 해 보시오."

"칼이 배에 닿더니 곧 온 몸이 피범벅이 되는 꿈이었소. 아마도 좋지 못한 꼴을 당하지나 않을까 걱정되오."

자라는 일부러 크게 웃었다.

"너무 좋은 꿈인데 공연히 걱정하는구려. 배에 칼이 닿았으니 칼은 금이라, 배에 금띠를 띨 것이요, 몸에 피 칠을 하였으니 벼슬아치의 붉은 관복을 입을 징조로다. 어찌 좋은 꿈이 아니겠소?"

토끼 얼굴이 활짝 펴졌다.

틀림없이 될 것이니 조금도 걱정할 것 ✦

"그대의 해몽이 진실로 놀랍구려. 길몽을 꾸었으니 부귀는 떼어놓은 당상이라, 그런데 내 산짐승이니 무슨 수로 바다 속으로 들어갈 수 있겠소?"

자라 크게 기뻐하여,

"내 등에만 오르면 물 속에 들어가도 숨을 쉴 수 있을 것이니 아무 염려 마시오."

수궁으로 간 토끼

자라의 꾀임에 넘어간 토끼는 자라의 등에 냉큼 올라 탔다.

"그대 아니었으면 산중에서 헛되이 늙을 뻔

만사형통 모든 일이 뜻대로 잘 이루어짐.
꺼림칙하오 마음에 걸려 편치 않소.
공연히 그래야 할 아무 까닭이나 필요가 없이.
헛되이 아무 보람이나 뜻이 없이.

하였소. 정말 고맙소."

자라는 속으로 '바보 같은 녀석이로다.' 생각하면서 바다에 풍덩 뛰어들었다.

그리고 열심히 헤엄쳐 드디어 용궁에 닿았다.

토끼는 눈을 들어 용궁을 살펴보았는데 과연 자라 말대로 온갖 보석으로 장식하여 휘황찬란하였다.

토끼는 기분이 좋아져서,

"내가 복이 있어 이런 곳으로 왔구나."

자라는 토끼를 손님들이 머무는 객관으로 안내하고 급히 궁중으로 들어갔다.

용왕은 자라를 보고 무척 기뻐했다.

"무사히 다녀온 것을 보니 반갑구나. 그런데 토끼는 어찌 되었느냐?"

자라는 머리를 조아리며 아뢰었다.

"신이 육지에 올라 늙은 토끼 한 마리를 백 가지로 꾀고 천 가지로 달래어 간신히 업고 지금 돌아왔습니다.

토끼는 객관에 있습니다."

용왕은 춤을 덩실덩실 추었다.

"경의 충성과 말솜씨는 우리 수궁에서 으뜸이라, 하늘이 과인을 도와 경 같은 신하를 내리신 것이로다."

그리고는 신하들을 모두 영덕전으로 모으고 말했다.

"별주부가 육지에 나아가 토끼를 얻어 왔으니 이제 그 간을 먹으면 과인의 병이 나을 것이다. 이것은 우리 용궁의 큰 경사로다."

신하들이 모두 기뻐했다.

토끼의 꾀

용왕은

"바삐 토끼를 잡아 대령하라!"

라고 소리쳤다.

그러자 금부 도사 명태가 나졸인 송사리들을 거느리고 객관으로 달려갔다.

이때 토끼는 자라 돌아오기만을 기다리고 있었는데 난데없이 금부 도사가 나타나

"어명이오."

하면서 나졸들을 시켜 토끼를 오랏줄로 묶게 했다.

그리고는 풍우같이 몰아다가 영덕전 섬

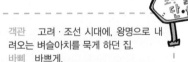

★ 비바람이 몰아치듯
정신없이 끌고 가 ★

객관 고려·조선 시대에, 왕명으로 내려오는 벼슬아치를 묵게 하던 집.
바삐 바쁘게.
금부 조선 시대에, 왕명을 받들어 죄인을 추국하는 일을 맡아 보던 관청.
나졸 조선 시대에, 지방 관아에 딸려 죄인을 다루거나 심부름을 하던 병졸.

돌 아래 꿇어 앉혔다.

토끼는 잠시 정신을 잃었다가 겨우 정신을 차려 전상을 우러러 보았는데 손에 백옥홀을 쥔 용왕이 어좌에 앉아 있었으며 만조백관이 좌우에 주욱 늘어서 있었다.

용왕은 토끼를 내려다보고,

"과인은 용왕인데 우연히 병을 얻어 신음한 지 오래 되었다. 그런데 네 간이 약이 된다 하여 특별히 별주부를 보내어 너를 데려왔노라. 너는 죽음을 한탄하지 말라. 너 죽은 뒤에 네 몸을 비단으로 싸고 백옥과 호박으로 관을 만들어 명당 터에 묻어 줄 것이요, 만일 과인의 병이 나으면 사당을 세워 네 공을 길이 기릴 것이다. 네 산중에 있다가 호랑이 밥이 되거나 사냥꾼에게 잡혀 죽는 것보다 낫지 않겠느냐?"

그리고는 좌우의 금부 나졸들에게 명령했다.   ☆ 신분이 낮은 힘없는 졸재라 하여 하찮게 여기는 용왕의 생각이 드러남 ☆

"어서 토끼의 배를 갈라 간을 꺼내 가져 오라."

뜰 아래 섰던 군사들이 칼을 들고 토끼에게 점점 다가왔다.

토끼는 눈앞이 캄캄했다.   ☆ 과욕을 부린 것을 후회함 ☆

'내 부질없이 부귀영화를 탐하여 고향을 버리고 왔으니 어찌 이런 변이 없겠는가? 이제 날개가 있어도 위로 날아 오르지 못할 것이며 또 축지법을 쓸 수 있다 한들 이곳을 벗어나지 못할 것이다.'

그리하여 한숨 쉬다가

'옛말에 이르기를 호랑이에게 물려 가도 정신만 차리면 산다 했는데 죽기보단 살아날 방도를 생각해 봐야겠다.'

하고 잠시 생각하는데 문득 한 꾀가 생각났다.

그래서 얼굴빛을 조금도 변치 않고 머리를 들어 용왕을 우러러 보았다.

"비록 죽을지라도 한 말씀 아뢰겠습니다."

"그래, 무엇이냐?"

"저의 간으로 대왕의 병이 낫는다면 제가 어찌 감히 간을 아끼겠습니까? 또 제가 죽은 뒤에 후히 장사 지내며 심지어 사당까지 세워 주신다니 저는 죽어도 한이 없습니다."

"그래야지, 암 그래야 하고말고."

"그런데 한 가지 안타까운 것이 있습니다."

"무엇이냐?"

☆ 자신을 신비롭게
보이게 하기 위한 거짓말 ☆

"저는 비록 짐승이오나 보통 짐승과 달라 아침이면 옥 같은 이슬을 받아 마시며 기이한 화초를 뜯어 먹여 간이 명약이 된 것입니다. 때문에 세상 사람들이 저를 만나면 간을 달라고 심하게 보챕니다. 그 괴로움을 견디지 못하여 저는 간을 끄집어 내어 맑은 물에 여러 번 씻은 뒤에 산 속 깊은 곳에 감추어 두고 다닙니다. 그러다 우연히 자라를 만났는데 대왕의 병환이 이런 줄 알았으면 간을 가져올 걸 그랬습니다."

용왕이 이 말을 듣고 크게 노하여 토끼에게 소리쳤다.

"네 진실로 간사한 놈이로다. 살아 있는 짐승이 어찌 간을 꺼냈다 넣었다 한단 말이냐? 네 얕은 꾀로 과인을 속이려 하는구나!"

백옥홀 흰 빛깔의 옥으로 만든 홀(조선 시대, 벼슬아치가 조복에 갖추어 손에 쥐던 패)
만조백관 조정의 모든 벼슬아치.
사당 조상의 이름이 적힌 나무 패를 모셔 놓고 제사를 지내는 집.
부귀영화 재산이 많고 지위가 높으며 귀하게 되어 온갖 영광을 누리는 것.
변 갑자기 생긴 사고.
축지법 신선 설화에서, 조화를 부리는 사람이 땅을 좁혀서 먼 길을 빠르게 간다고 하는 술법.
후히 인색하지 않고 넉넉히.
명약 효험이 뛰어난 약.

초등필수
단·어·장

토끼는 용왕의 말을 듣고 다시 정신이 아득해졌다.

'이제 속절없이 죽게 되었구나?'

그러나 토끼는 다시 정신을 차리고 웃으며 아뢰었다.

✬ 침착하고 지혜로운
토끼의 성격을 알 수 있다 ✬

"대왕은 저의 말씀을 다시 자세히 들으시고 굽어살피십시오. 만일 배를 갈라 간이 없으면 대왕의 병은 고치지 못하고 저만 부질없이 죽을 뿐입니다. 그러면 후회하실 것이니 제발 대왕께서는 세 번 생각하소서."

용왕이 토끼의 말을 듣고 또 그 얼굴빛이 태연한 것을 보고,

"네 말이 사실이라면 간을 꺼냈다 넣었다 하는 증거가 있느냐?"

토끼는 그 말을 듣고 속으로 '이제 살아날 수도 있겠구나.' 생각하고,

"세상의 길짐승 중에 특별히 저는 하체에 구멍이 세 개 있는데 하나는 대변 볼 때 쓰고, 하나는 소변 볼 때 쓰며, 또 하나는 간을 넣었다 꺼냈다 할 때 씁니다."

용왕이 그 말을 듣고 크게 꾸짖었다.

"네 말이 더욱 간사하도다. 날짐승, 길짐승을 막론하고 어찌 하체에 구멍이 셋이나 되는 것이 있단 말이냐?"

토끼는 다시,

"대왕이 만일 제 말씀을 믿지 못하시겠다면 저의 하체를 직접 살펴보시옵소서."

용왕이 이 말을 듣고 나졸을 시켜 자세히 보라 하니 나졸이 보고 나서,

"과연 구멍이 셋이 있습니다."

그러나 용왕은 아직 의심하여,

"간을 구멍으로 꺼낸다 하니 다시 넣을 때도 그렇게 하느냐?"

토끼 속으로 '이젠 내 계교가 거의 먹혀 들어가는구나.'
하고

"저는 다른 짐승과 달리 보름달을 바라보아 새끼를 가지며 새끼를 낳을 때는 입으로 낳습니다. 그러니 간을 넣을 때는 입으로 넣습니다."

용왕이,

"네 간을 꺼냈다 넣었다 한다니 지금 혹시 네 뱃속에 간이 있는 것은 아니냐? 그렇다면 급히 꺼내어 내 병을 고치거라."

"저는 간을 넣었다 꺼냈다 할 수 있으나 또한 정해진 때가 있습니다. 달마다 1일부터 5일까지는 뱃속에 넣어 해와 달의 정기를 받으며, 16일부터 30까지는 간을 꺼내어 맑은 물에 씻어 푸른 솔, 우거진 바위 틈에 감추어 둡니다. 오늘은 6월 초순이며 자라를 만났을 때는 5월 하순이라 만일 자라가 대왕의 병세를 말하였더라면 며칠을 기다려 간을 가져왔을 것입니다. 모든 것이 자라 탓입니다."

용왕은 토끼의 말을 듣고 속으로

'토끼의 배를 갈라 간이 없으면 토끼는 죽을 것이고, 나는 다시 간을 구하기 어려울 것이다. 차라리 토끼를 달래어 간을 가져오게 하는 것이 나을 것이다.'
라고 생각하고 좌우 나졸들에게 명했다.

"토끼를 묶고 있는 오랏줄을 풀어 주라."

나졸들이 토끼를 풀어 주자 용왕은 손수 당 아래로 내려가 토끼의 발을 잡고 함께 전

초등필수
단·어·장

아득해졌다 보이거나 들리는 것이 희미할 정도로 매우 멀어졌다.
속절없이 어찌할 도리가 없이.
태연한 태도나 표정이 흔들림이 없고 평상시와 같은.
길짐승 땅 위에서 움직여 다니거나 기어 다니는 짐승.
계교 이리저리 생각하여 짜낸 꾀.
정기 천지 만물을 생겨나게 하고 활동시키는 데 바탕이 되는 기운.
초순 어느 달의 1일에서 10일까지의 10일 동안.
하순 어느 달의 21일에서 말일까지의 동안.
손수 누구를 시키거나 남의 힘을 빌리지 않고 자기가 직접.

상으로 올라왔다.

"토 선생, 아까는 실례가 많았도다."

용왕은 토끼를 위로하기 위해 크게 잔치를 열었는데, 상다리가 휘어질 정도로 갖가지 진귀한 음식이 차려져 나왔으며, 수십 명의 미녀들도 나와 노래 부르고 춤을 추었다.

용왕은 손수 토끼에게 술을 따라 주며,

"용궁에 있는 과인이 산중에 있는 그대를 만난 것은 기이한 인연이 아니겠는가? 그대가 과인을 위하여 간을 가져오면 과인이 어찌 그대의 은혜를 저버리겠는가? 후히 갚을 뿐만 아니라 마땅히 부귀를 함께 누릴 것이다."

토끼는 웃음이 터져 나오려 했으나 꾹 참고 태연한 표정으로 대답했다.

"대왕은 너무 염려치 마십시오. 저는 간이 없어도 죽지 않으니 어찌 간을 아끼겠습니까?"

용왕은 기뻐하여 토끼의 발을 잡고 크게 흔들었다.

그물에서 벗어난 새

잔치가 끝나자 용왕은 즉시 자라를 불렀다.

"경은 수고를 아끼지 말고 즉시 토 선생과 함께 인간 세상에 나갔다 오라."

그리고 토끼에게 진주 이백 개를 주고,

"토 선생은 속히 돌아오게. 그리고 이것이 비록 작은 것이나 과인의 정이니 받아 주게."

토끼는 진주를 받은 뒤에 용왕에게 하직 인사를 하고 궐 문 밖으로 나왔다.

궐 밖에서는 백관들이 기다리고 있다가 토끼를 보자 빨리 간을 가져올 것을 신신당부했다.

자라는 다시 토끼를 등에 태우고 만경창파를 건넜으며 육지에 토끼를 내려놓았다.

토끼는 속으로

☆ 어려운 지경에서 탈출했음을 뜻하는 말.
자신의 꾀로 살아났다는 생각에 우쭐해 있음 ☆

'이제 나는 그물에서 벗어난 새이며 함정에서 뛰어 오른 범이로다. 나의 지혜 아니면 어찌 고향산천을 다시 볼 수 있었겠는가?'

라고 생각하고 너무 좋아서 사방으로 팔짝팔짝 뛰어 다녔다.

자라는 토끼의 뛰는 모습을 보고 갈 길을 재촉했다.

"우리의 갈 길이 머니 그대는 어서 간을 가져 오시오."

토끼는 크게 웃고 나서 말했다.

"이 미련한 자라야, 오장육부에 붙은 간을 어찌 꺼냈다 넣었다 하겠느냐? 이는 내가 꾀를 내어 너희 용왕을 속인 것이다. 또 너희 용왕의 병과 내가 무슨 관계가 있느냐? 너희 용왕에게 공을 세우려고 산중에서 한가로이 지내는 나를 용궁으로 유인한 일을 생각하면 지금 너를 죽여도 분이 풀리지 않겠지만 네가 나를 업고

진귀한 보기 드물고 귀한.
진주 진주조개나 전복 등의 속에서 조개의 분비물이 뭉쳐서 생기는 구슬.
백관 모든 벼슬아치.
신신당부 여러 번 되풀이하여 간절히 부탁함.
오장육부 사람의 몸속에 있는 모든 내장.
유인한 꾀어 낸.

만경창파에 왔다갔다한 수고를 생각하여 목숨을 살려 주는 것이다. 그러니 어서 돌아가거라."

토끼는 깡충깡충 뛰어 깊은 숲 사이로 들어가 버렸다.

자라는 토끼의 뒷모습을 바라보다가 깊이 탄식했다

"빈손으로 돌아갈 수도 없고……. 차라리 죽는 것이 낫겠다."

자라가 머리를 들어 바윗돌에 찧으려 하는데 누군가 자라를 부르는 소리가 들렸다.

자라의 미련하면서도 우직한 성격이 드러난다. 또한 자라는 충성심이 매우 깊다

"별주부는 나의 말을 들으라."

자라가 놀라서 머리를 들어 보니 한 도인이 자라 앞에서 웃고 있었다.

자라가 멍하니 쳐다보자, 도인은

"네가 왕에 대한 충성이 지극하니 그 충성에 감동받아 약을 주려 하노라. 너는 이 약을 들고 빨리 돌아가 용왕의 병을 고치도록 하라." 하고 소매 안에서 약을 꺼내어 자라에게 주었다.

자라는 크게 기뻐하며 두 번 절하고 약을 받았는데, 크기는 사과만하고 광채 휘황하며 향기가 짙었다.

자라는 다시 절하고

"선생의 큰 은혜 무엇으로 갚을 수 있을지요? 그래서 감히 선생의 높으신 성명을 알고자 합니다."

도인은   *중국의 전설적인 의원*

"나는 패국 사람 화타라고 하노라."
라고 대답하고 연기처럼 사라졌다.

자라가 약을 가지고 수궁으로 돌아와 용왕에게 바치니 용왕은 이 약을 먹고 병이 나았다. 신하와 백성들은 모두 이 일을 기뻐하여 만세를 불렀다.

초드필수
단·어장

휘황하며 눈부시게 빛나며.

재미있게 짧은 글 짓기를 해 보아요

1 충성 :

2 소원 :

3 대장부 :

4 해몽 :

5 은혜 :

재미있게 긴 글 짓기를 해 보아요

다음 단어들을 연결하여 글을 지어 보세요(본문을 참고하세요).

1 과인, 병, 생간, 효험, 인간 세상 :

2 용궁, 보석, 장식, 휘황찬란 :

3 진실, 놈, 짐승, 간, 꾀 :

이해력을 길러요

빈칸에 알맞은 단어를 넣어 보세요.

(복, 만경창파, 수궁, 기구, 은혜, 바람, 만물, 두루, 호흡, 구경, 물결, 정처없이)

1 자라는 용왕에게 하직인사를 올리고   깊은 물에 허위둥실 떠 올라서

          부는 대로   치는 대로   흘러갔다.

2 내 태어난 뒤로 온 세상을   다녀 인물   도 많이 하였으나 그대같이 이상하게 생긴 짐승은 처음이오.

3 그대는 진실로   많은 친구로다. 나는 본래 팔자가   하여 산중에서 이렇게 고생하고 있는데…….

사고력을 길러 보아요

1 용왕은 병세를 묻기 위해 누구를 불렀나요?

2 용왕의 병에는 무엇이 효험이 있다 했나요?

3 자라는 토끼를 어떻게 꾀었나요?

4 토끼는 용왕을 어떻게 속였나요?

5 용왕은 토끼에게 어떤 선물을 주었나요?

논리력을 길러 보아요

1 용왕은 왜 자라에게 토끼를 사로잡아 오라고 했나요?

2 자라는 왜 토끼를 토 선생이라고 높여서 불렀나요?

3 토끼의 말에 화가 났는데, 자라는 왜 꾹 참았나요?

4 처음에 토끼는 왜 자라의 말을 수상하게 여겼나요?

5 토끼가 의심을 하는데 자라는 왜 크게 웃었나요?

6 토끼는 왜 자라의 등에 냉큼 올라 탔나요?

7 용왕은 왜 토끼에게 죽음을 한탄하지 말라고 했나요?

8 토끼는 왜 눈앞이 캄캄해졌나요?

9 용왕은 왜 크게 잔치를 열었나요?

10 자라는 왜 죽으려고 했나요?

다 했으면 갑시먼스 힘내자!!

연오랑과 세오녀

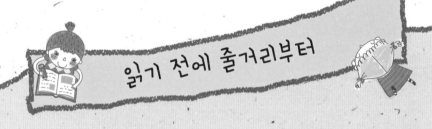

읽기 전에 줄거리부터

연오랑과 세오녀는 바닷가 마을에서 해초를 따고 고기를 잡으며 살고 있었는데 어느 날 바위가 이들을 차례로 일본으로 데려갑니다. 일본에서 연오랑은 왕이 되었으며 세오녀는 귀비가 되었습니다.

신라에서는 이 두 사람이 없어진 뒤 해와 달이 빛을 잃었습니다. 그래서 신라 왕은 사신을 보내어 두 사람을 데려 오라 합니다.

연오랑은 왕이 되어 갈 수 없으니 귀비가 짠 명주를 사신에게 줍니다. 신라에서는 이 명주로 하늘에 제사를 지냈는데, 과연 해와 달이 빛을 찾게 됩니다. 명주는 이후 나라의 보물이 됩니다.

연오랑과 세오녀는 고려 시대 때, 승려 일연이 지은 《삼국유사》

권 1, 〈기이편〉에 실려 있는 신라의 설화입니다. 일본 역사서에 신

라 사람으로서 왕이 되었다는 기록이 보이지 않아 연오랑은 변경 소읍

의 왕이고 중앙의 큰 왕은 아닐 것이라고 추측되고 있습니다.

《삼국유사》는 《삼국사기》와 함께 우리나라 최고의 역사서로 꼽

힙니다. 여기에는 우리나라 고대 신화, 전설, 설화, 시가를 비롯하여

불교 관계 기사를 풍부하게 수록하고 있어 고대사 연구에 중요한 자료

가 되기도합니다. 또한 우리나라 최초의 건국 설화인 단군신화를 처

음으로 기록하여 후세에 남김으로써 우리 역사를 중국과 대등한 위치로

끌어 올렸다는 점에서 더욱 높은 평가를 받고 있습니다.

지은이 일연은 학자이자 승려로 고려 희종 2년(1206년) 경주 장산

군에서 태어났으며, 충렬왕 15년(1289년)에 죽었습니다.

일연은 생애의 대부분을 몽고의 간섭과 침략기에 보냈습니다. 그리

하여 일연은 투철한 자주 정신의 발로로서 이 삼국유사를 쓴 것으로 여

겨지고 있습니다.

초등필수 단어퀴즈

《삼국유사》   고려 시대에 승려 일연이 쓴 역
사책. 고구려·신라·백제의 역사, 신화, 전설
등이 실려 있다.
단군신화   우리 민족의 시조인 단군이 환웅과
웅녀 사이에서 태어나 고조선을 세웠다는 내
용의 신화.

연오랑과 세오녀

신라 제8대 아달라 왕이 즉위한 지 4년째·되는 해인 정유년(158년)의 일이었다.

동해 바닷가 마을에 사는 연오랑과 세오녀 부부는 해초를 뜯고 고기를 잡으며 사이좋게 살고 있었다.

어느 날 연오랑이 바닷가에 나가 해초를 따고 있었는데 전에는 보이지 않던 커다란 바위 하나가 홀연히 떠내려 오더니 연오랑을 싣고, 먼 바다로 흘러갔다.

얼마 후 연오랑은 일본의 어느 해안에 닿았는데 그 나라 사람들은 바위를 타고 온 연오랑을 보고

"범상하지 않은 사람이다."

라고 생각하여 자기네 나라의 왕으로 삼았다.

한편 세오녀는 해초를 따러 간 남편이 날이

즉위 임금의 자리에 오름.
해초 바다에서 자라는 풀.
범상하지 예사롭지.

저물도록 돌아오지 않자

'도대체 남편이 어디서 무얼 하길래 이렇게 늦는단 말인가?'
라며 이상하게 생각하고 바닷가로 갔다.

그런데 어떤 바위 위에 남편의 신발이 놓여 있었다. 세오녀가 그 바위 위로 올라가니 바위는 다시 먼 바다로 떠내려 가기 시작했다.

얼마 후에 세오녀 역시 연오랑이 닿았던 그 해안에 닿았다.

바위 위에 실려 온 세오녀를 보고 그 나라 사람들이 깜짝 놀라 연오랑에게 달려가 아뢰었다.

"어떤 여인이 바위를 타고 왔습니다."

연오랑이 급히 바닷가로 가 보니 아내가 바위 위에 앉아 있었다. 연오랑은 기뻐하며 세오녀를 궁으로 데려가 귀비로 삼았다.

그런데 이들이 떠난 신라에서는 갑자기 해와 달이 빛을 잃어 온 세상이 어두워졌다.

왕이 이상하게 여기고 일관을 불렀다.

"이것이 무슨 변괴이냐? 어서 점을 쳐 보거라."

일관이 점을 쳐 보고 아뢰었다.

"우리나라에 내려와 있던 해와 달의 정기가 이제 일본으로 건너가 이런 일이 생긴 것입니다."

왕이 일본으로 갈 사신을 뽑고,

"가서 연오랑과 세오녀를 데려오도록 하라."

사신은 곧 일본으로 가서 연오랑을 만났는데 연오랑은,

"내가 이 나라에 와서 왕이 된 것은 하늘의 뜻이다. 그러니 어찌 돌아

갈 수 있겠는가? 하지만 내 아내에겐 새로 가늘게 짠 명주가 있다. 그 명주를 가져가서 하늘에 제사를 올리면 해와 달이 다시 빛날 것이다."

사신은 그 명주를 받아 신라로 돌아가서 왕에게 바치며 연오랑의 말을 전했다.

왕은 곧 명주를 받쳐 들고 하늘에 제사를 지냈는데 과연 해와 달이 빛을 찾아 세상이 환해졌다.

왕은 그 명주를 대궐의 곳간에 보관하고 나라의 보물로 삼았다.

곳간의 이름은 귀비고라 했으며 하늘에 제사 드렸던 곳은 영일현, 또는 도기야라고 했다.

초등필수
단·어·장

명주 명주실로 무늬 없이 짠 천. 비단.
곳간 곡식이나 물건을 넣어 두는 창고.

논술 실력을 늘려줘요

재미있게 짧은 글 짓기를 해 보아요

1 사신 :

2 대궐 :

재미있게 긴 글 짓기를 해 보아요

다음 단어들을 사용하여 글을 지어 보세요(본문을 참고하세요).

1 신라, 해, 달, 세상 :

2 왕, 명주, 곳간, 보물 :

이해력을 길러요

빈칸에 알맞은 단어를 넣어 보세요.

(명주, 하늘, 일본, 신라, 제사, 해, 세상, 정기)

1 우리 나라에 내려와 있던 해와 달의   가 이제 일본으로 건너가 이런 일이 생긴 것입니다.

2 왕은 곧   를 받쳐 들고   에   를 지냈는데 과연   와 달이 빛을 찾아   이 환해졌다.

1 연오랑은 무엇을 타고 일본으로 갔나요?

2 신라에서는 해와 달이 빛을 잃자 어떻게 했나요?

논리력을 길러요

1 세오녀는 왜 바닷가로 나갔나요?

2 신라 왕은 왜 연오랑과 세오녀를 데려 오라 했나요?

3 연오랑과 세오녀는 왜 신라로 돌아가지 않았나요?

다 했으면 간식먹고 힘 내자!!

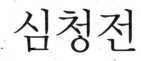

심청전

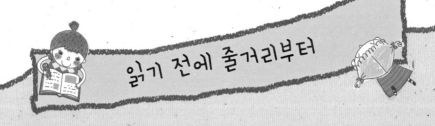

읽기 전에 줄거리부터

심 봉사는 딸을 얻은 지 칠 일 만에 아내를 잃어 동냥 젖으로 딸 청이를 키웁니다.

청은 효심이 지극하여 일곱 살부터는 아버지와 같이 동냥을 다니고, 열한 살이 되자 혼자 동냥을 다녔으며 열다섯 살엔 바느질을 배워 삯바느질을 하여 아버지와 살아 갑니다.

심 봉사는 청을 찾아 나섰다가 개울에 빠지는데 지나가던 스님이 구해 주고 부처님께 공양미 삼백 석을 바치면 눈을 뜰 수 있다는 말을 듣습니다. 심 봉사는 눈 뜬다는 말에 얼른 공양미 삼백 석을 바친다고 합니다.

그러나 심 봉사 형편에 공양미 삼백 석은 꿈도 꿀 수 없는 일, 청은 공양미 삼백 석을 구하기 위해 뱃사람들에게 자신의 몸을 제물로 바치겠다고 합니다.

얼마 후 청은 인당수에 빠지나 옥황상제의 도움으로 송나라 황후가 됩니다. 황후가 된 청은 아버지를 만나기 위해 맹인 잔치를 열게 되고 마침내 아버지를 만나는데, 이 때 심 봉사도 눈을 뜹니다.

꼭꼭 이것만은 알고 가자!!

심청전

〈심청전〉은 〈춘향전〉, 〈흥부전〉, 〈옹고집전〉 등과 함께 판소리 소설에 속합니다.

다른 판소리 소설과 마찬가지로 〈심청전〉도 근원설화가 많이 있는데 인도의 〈전동자 설화〉, 〈묘법동자 설화〉 등입니다. 이 설화들은 삼국유사의 〈효녀 지은 설화〉가 되었다가 판소리로 불려지고 다시 소설로 개작되었습니다.

〈심청전〉의 주제는 효도이며 근원설화의 영향으로 몽운사 중, 연꽃, 환생 등 불교적인 색채가 짙으며 인과응보 사상이 들어 있습니다. 지은이와 지어진 연대는 정확하지 않고 다만 숙종 이후로 추정되고 있습니다.

초등필수 단어장

근원설화 문학 작품의 모체가 되는 설화.
인과응보 사상 불교에서, 선과 악의 행위에는 반드시 갚음이 있다고 믿는 사상.

심청전

효녀 심청

옛날 화동 마을에 심학규라고 부르는 봉사가 있었는데 어여쁘고 착하고 부지런한 아내 곽씨를 만나 남부러울 것이 없이 살고 있었다.

다만 한 가지, 슬하에 자식이 없는 것을 심 봉사는 늘 섭섭하게 여겼는데 나이 마흔 줄에 접어들어 어여쁜 딸을 하나 얻었다.

심 봉사는 몹시 기뻐하고 이름을 청이라 지었다.

그런데 딸을 낳은 뒤 시름시름 앓던 곽씨는 칠 일 만에 그만 저 세상으로 떠나고 말았다.

심 봉사는 슬픔에 젖어 있을 겨를도 없이 배고프다 우는 청이를 위해 동서남북을 가리지 않고 젖 있는 아낙네를 찾아 돌아다녔다.

> **토드필수 단어장**
>
> 봉사 눈이 멀어 앞을 못 보는 사람.
> 아낙네 주로 집에서 살림을 하거나 농사일을 하는 시골 여자를 이르는 말.

그러면서 한편으로는 자신을 위해 동냥을 다녔다.

　심 봉사의 사정을 아는 동네 사람들은 동냥 주머니에 쌀이며 벼를 넣어 주었고 덕분에 심 봉사는 그럭저럭 배를 곯지 않고 살아 갔다.

　청은 나이 일곱 살이 되자 아버지를 따라 구걸에 나섰으며 열한 살이 되자 아버지를 집에서 쉬게 하고 혼자 구걸에 나섰다.

　청이는 밥을 충분히 얻지 못하면 아버지에게만 밥을 드리고 자신을 굶었다. ☆ 효성이 지극함 ☆

　심 봉사가,

　"애야, 같이 먹자."

하고 권하면 청이는 종일 아무것도 못 먹어 고픈 배를 움켜 쥐고서도

　"아버지, 저는 오늘 부잣집에 잔치가 있어서 많이 먹었어요. 아버지

혼자 드셔요."

라고 말하여 아버지를 안심시켰다.

이런 청이의 효심은 동네에 널리 소문이 났고 동네 사람들은 청이 부녀를 조금이라도 더 도와주려고 애썼다.

열다섯 살이 되자 청이는 구걸을 그만두고 바느질을 배워 삯바느질에 나섰는데 눈썰미가 있고 솜씨가 좋아 여기저기서 부르는 곳도 많았다.

그러던 어느 날 심 봉사의 집으로 한 여인이 찾아와,

"저는 장 승상 댁에서 일보는 사람인데 승상 부인께서 청이 아가씨를 모셔 오라 하여 이렇게 왔습니다."

청이는 깜짝 놀랐다.

'승상 부인이라면 이 나라를 다스리는 재상의 부인인데 무슨 일로 나를 오라 하실까?'

청이가 심 봉사에게 여쭈어보니 봉사는 쾌히 허락했다.

"다녀오너라. 우리가 남에게 해로운 일을 한 적이 없으니 무슨 나쁜 일이야 있겠느냐?"

청이는 삯바느질을 시작하면서 자신의 옷도 한 벌 해 두었는데 그 옷으로 갈아 입고 장 승상 댁에서 보낸 여자를 따라 나섰다.

장 승상 댁은 건너 마을 무릉촌에 있었는데, 그 집 문 앞에 당도해 보니 집이 하도 크고 으리으리하여 청이는 보기만 해도 어지러울 지경이었다.

대문을 거쳐 중문을 지나 층계에 이르

곯지 오랫동안의 영양 부족이나 힘든 일 등으로 몸이 약해지지.
효심 효도하는 마음.
삯바느질 삯을 받고 하는 바느질.
쾌히 망설임 없이 시원스럽게.
으리으리하여 집의 규모나 모양이 기가 눌릴 만큼 굉장하여.

니 머리가 하얗게 센 한 부인이 반갑게 청이를 맞이했다. 부인은 눈빛이 다정하면서도 위엄이 넘쳐 흘러 청이는 '아, 이분이 승상 부인이로구나.'라고 생각하고 공손하게 절을 했다.

승상 부인이 보니 청이가 비록 옷은 값싼 것을 입었으나 용모가 아름답고 태도가 의젓하여 마치 귀한 댁 규수 같았다.

승상 부인은 친히 청이 손목을 잡고 안방으로 안내하여 자리에 앉히고 말했다.

"네 효도가 극진하고 성품이 고상하며 재주가 뛰어나다 하여 전부터 한번 만나고 싶었다. 그런데 이렇게 어여쁘고 기품이 있는 줄은 미처 몰랐구나."

"과분한 말씀이십니다."

청이는 몸둘 바를 몰라하며 얼굴을 붉혔다.

승상 부인은 잠시 말없이 청이를 바라보더니 곁으로 바싹 다가앉으며,

"얘야, 나는 하늘의 복을 받아 아들 사 형제를 두었으나 늙도록 딸이 없어 몹시 섭섭하게 여겼다. 오늘 너를 보니 네가 마음에 쏙 드는구나. 청아, 내 수양딸이 되어 주지 않겠느냐?"

승상 부인은 청이가 반색을 하며 기뻐할 줄 알았는데, 청이는 오히려 고개를 숙이고 한동안 말이 없었다.

승상 부인이 이상하게 여겼는데 이윽고 청이가 고개를 들고,

"황송하고 고마운 말씀이십니다만, 제겐 눈 못 보는 아버지가 계십니다. 제가 이 댁 수양딸이 된다면 누가 아버님에게 밥을 해 드리며, 옷을 지어 드리겠습니까?"

승상 부인은 청이 말이 너무나 갸륵하여,

"네 말이 옳구나. 너와 같은 효녀의 마음을 이 늙은이가 짐작 못하고 그런 말을 했구나."

그리고는 청이 눈에 맺혀 있는 눈물을 닦아 주었다.

"너를 보내려니 섭섭하기 이를 데 없구나. 이왕 왔으니 천천히 놀다 가려무나."

청이는 그 말까지 어길 수 없어 승상 부인과 이런 저런 이야기를 나누다가 해가 저물자 작별인사를 하고 일어났다.

승상 부인은 비단과 패물, 양식을 후히 주어 하녀와 함께 보내며 말했다.

"청아, 네 뜻이 갸륵하여 보내기는 한다마는 한번 너를 딸로 삼으려고 했으니 모녀의 정만은 서로 마음에 두기로 하자."

청은 황송하게 여겼다.

"고마우신 말씀 어찌 거역할 수 있겠습니까? 달게 받고 영원히 잊지 않겠습니다."

그리고 승상 댁을 떠나 왔다.

공양미 삼백 석

한편 심 봉사는 청이를 기다리고 있었는데 해가 지도록 청이는 돌아오지 않았다.

> **초등필수 단어장**
>
> **의젓하여** 말이나 행동이 점잖고 무게가 있어.
> **기품** 사람의 모습이나 태도, 또는 작품 등에서 느껴지는 고상한 분위기.
> **과분한** 자기의 형편이나 자격에 비해 지나치게 좋은.
> **수양딸** 남의 자식을 데려다가 기른 딸.
> **갸륵하여** 마음씨나 하는 일이 착하고 훌륭하여.
> **패물** 금, 다이아몬드, 진주, 옥 등으로 만든 장신구.
> **황송하게** 분에 넘쳐 고마우면서도 미안하게.

"청이는 어찌 된 걸까? 언제나 애비를 염려하여 일찍 오던 애였는데……. 날씨가 너무 추우니 무슨 변이라도 당했나?"

심 봉사는 가만히 기다릴 수가 없어 지팡이를 짚고 더듬더듬 집을 나섰다.

그런데 집 앞에서 빙판을 만나 쭈르륵 미끄러지다가 그만 한 길이나 되는 개천 속으로 풍덩 빠지고 말았다.

심 봉사는 개천 밖으로 기어 나가려고 온갖 애를 썼으나 그러면 그럴수록 더욱 깊이 빠질 뿐이었다.

심 봉사는 지팡이를 휘저으며 소리쳤다.

"여보시오, 여보시오, 아무도 없소? 사람 좀 살려 주시오!"

그 때 몽운사의 스님이 시주를 받고 절로 돌아가다가 그 소리를 듣고 급히 달려갔는데 평소부터 낯이 익은 심 봉사가 물에 빠져 허우적거리고 있었다.

몽운사 스님은 크게 놀라 옷을 되는 대로 벗어 던지고 개울로 뛰어들어 심 봉사를 구했다.

　　심 봉사는 덜덜 떨면서,

　　"나를 살려 주신 분은 대체 누구요? 나를 아시오?"

　　"나는 몽운사의 중이라오. 지금 날씨가 추우니 여기서 이럴 것이 아니라 어서 봉사의 집으로 들어갑시다."

　　스님은 심 봉사의 손을 끌고 집 안으로 들어가서 젖은 옷을 벗기고 마른 옷으로 갈아 입혔다.

　　"어찌 된 일이오?"

　　심 봉사가 한숨 쉬고 대답했다.

　　"내 딸 청이가 무릉촌 장 승상 댁에 갔는데,

해가 저물도록 오지 않아 찾아 나섰다가 이리 되었다오."

스님이 딱하다는 듯이,

"여보, 봉사님. 우리 절 부처님이 영험이 많으셔서 빌면 아니 되는 일이 없다오. 만약 우리 부처님께 공양미 삼백 석을 시주한다면 당장에 눈을 떠서 천지만물 다 보고, 좋은 구경도 시원하게 할 수 있을 것이오."

심 봉사는 눈뜬다는 말에 고마워서 자기 집 형편은 생각하지도 않고 얼른 대답했다.

"여보시오, 대사님, 공양미 삼백 석 시주한다고 당장에 시주책에 적어 주시오."

스님은 허허 웃더니,

"이 댁 형편을 보아하니 쌀 삼백 석을 마련할 수 있을 것 같지 않은데……."

심 봉사는 화를 버럭 내었다.

"여보시오, 대사님. 사람을 얕보아도 분수가 있지, 그래 어떤 실없는 사람이 부처님께 빈말을 하겠소? 공연히 그랬다간 눈도 못 뜨고 앉은뱅이가 될 것이 아니오? 당장 적으시오."

스님은 할 수 없이 시주책에 '심학규 공양미 삼백 석' 하고 적은 뒤에 절로 돌아갔다.

스님이 돌아가고 혼자가 되자 정신이 번쩍 든 심 봉사는,

"아이고, 내가 미쳤지, 내 처지에 공양미 삼백 석, 구경조차 어려운데, 시주라니……." ☆ 이제서야 자신의 처지를 깨닫고 후회함 ☆

그러다가 심 봉사는 자기 처지가 너무 가련하여 목놓아 울기 시작했다.

"내 팔자는 어이하여 이렇게 눈도 멀고 가난하단 말인가. 이럴 때 마누라라도 있었으면 어떻게 될지 모르겠다마는 어린 딸이 삯바느질을 해서 겨우 입에 풀칠하는데 공양미 삼백 석을 무슨 수로 마련하나?"

바로 그 때 장 승상 댁에 갔던 청이가 돌아와 아버지가 우는 것을 보고 캐물었다.

"아버지 왜 그러셔요? 왜 그리 서럽게 우셔요? 제가 늦게 온 것이 섭섭해서 그러셔요?"

"아니다. 너는 몰라도 되는 일이다."

심 봉사는 깊이 한숨을 내쉬었다.

그러자 청이는 눈물을 주르륵 쏟았다.

"아버지, 무슨 말씀을 그리 하셔요? 제가 비록 효도는 다하지 못했으나 몰라도 된다고 하시니 섭섭하고 서럽습니다."

심 봉사는 할 수 없이 몽운사 스님에게 공양미 삼백 석을 시주하기로 했다는 것을 털어놓고 말았다. 듣고 나면 걱정할 줄로만 알았는데 청이는 오히려 목소리가 밝아졌다.

"아버지, 너무 염려 마셔요. 무슨 일을 해서라도 공양미 삼백 석은 제가 마련할 테니까요."

효성 지극한 청의 말을 듣고 심 봉사는 다시 눈물을 쏟고 말았다.

"청아, 네 말이 고맙기는 하지만 우리 같이 가난한 집에서 공양미 삼백 석을 어찌 마련한단 말이냐?"

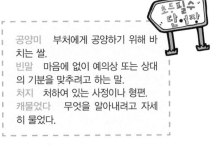

공양미 부처에게 공양하기 위해 바치는 쌀.
빈말 마음에 없이 예의상 또는 상대의 기분을 맞추려고 하는 말.
처지 처하여 있는 사정이나 형편.
캐물었다 무엇을 알아내려고 자세히 물었다.

"예로부터 정성이 지극하면 하늘도 돕는다잖아요. 반드시 무슨 수가 있을 거예요."

이후 청이는 뒤뜰에다 단을 만들고 그 위에 정화수를 떠놓고 날마다 빌었다.

"부처님, 부디 우리 아버지 눈뜨게 해 주십시오."

팔려 가는 심청이

어느 날 이웃에 사는 귀덕 어미가 놀러 왔다가,

"애, 청아, 참으로 이상한 일을 다 보았다."

"무슨 일을 보셨기에 그러셔요?"

"무슨 일을 하는 사람들인지는 모르겠으나 아까부터 길에 남정네 십여 명이 '열다섯 먹은 처녀를 삽니다. 몸값은 얼마라도 내겠습니다.'라고 소리치며 떼지어 다니는구나."

그 말을 들은 청이는 귀가 번쩍 뜨였다.

"귀덕 어머니, 그게 정말이어요?"

"그럼, 정말이고말고. 내 두 귀로 똑똑히 들었단다."

청이는 잠시 생각하더니 뭔가 단단히 결심을 한 얼굴로 귀덕 어미에게,

"그렇게 몰려 다니는 사람 중에 점잖은 사람 한 분을 제게 모셔다 주세요."

귀덕 어미는 그런 부탁을 하는 청이가 이상했으나 '속이 깊은 아이이니 무슨 까닭이 있겠지.' 하고 밖으로 나가 그 사람들 중 한 사람을 청이

앞으로 데려왔다.

얼굴이 검고 몸집이 육중한 노인이었다.

청이는 노인에게 물었다.

"어째서 열다섯 먹은 처녀를 사려고 하십니까?" *황제 나라의 도성*

"우리는 배를 타고 만 리 길을 다니는 황성의 장사꾼입니다. 만 리 길을 가는 도중에 인당수란 물을 거쳐야 하는데 그 물은 변화가 심해서 자칫하면 배가 뒤집히고 많은 사람들이 물고기 밥이 된답니다. 하지만 열다섯 먹은 처녀를 물에 넣고 제사를 지내면, 만 리 바닷길을 무사히 왕래할 수 있고, 장사도 잘 되어 그런 것입니다." *옛날에 백성들 사이에서는 무속신앙이 있었으나 실제로 재물을 바치거나 하는 풍습은 없었다*

"제 나이가 열다섯이니 구하시는 조건에 맞습니다 저를 사 가실 수 없을지요?"

노인이 청이를 바라보니 비록 가난하나 생김새며 말하는 태도가 제물로 바치기엔 너무나 아까워 선뜻 대답을 못했다.

청이는 노인에게 애원했다.

"제가 제물이 되려는 것은 다 이유가 있으니 제발 저를 사 주십시오. 그리고 백미 삼백 석을 몽운사에 바쳐 주십시오."

노인이 이유를 물었으나 청이는 끝내 대답하지 않았다.

"아가씨를 사겠습니다. 그리고 백미 삼백 석은 저희가 오늘 몽운사에 바치겠습니다."

"정말 고맙습니다. 그런데 배 떠나는 날은 언제입니까?"

초등필수 답•워잠

정화수 민간신앙에서 기도하기 위해 쓰는 이른 새벽에 길은 우물물.
육중한 몸집이나 몸체가 크고 무거운.
자칫하면 어쩌다가 조금 어긋나거나 실수하면.
왕래 가고 오고 함.
선뜻 망설임이 없이 시원스럽게.

"다음 달 십오 일이니 그리 아십시오."

노인이 떠나자 청은 그 때까지 기가 막혀 아무 말도 못하고 있던 귀덕 어미의 소매를 끌어 귓속말을 했다.

"만약 우리 아버님이 이 일을 아시면 몹시 슬퍼하실 거예요. 그러니 비밀을 지켜 주세요."

귀덕 어미는 그저 혀를 쯔쯔 찰 뿐이었다.

청은 집으로 들어가 일부러 수선스럽게 아버지에게 말했다.

"아버지, 공양미 삼백 석을 오늘 중으로 몽운사에 바칠 것입니다."

심 봉사가 크게 놀라,

"아니, 네가 무슨 재주 있어 공양미 삼백 석을 몽운사로 보낸단 말이냐?"

태어나 한 번도 누구에게 거짓말을 해 본 적이 없는 청이었으나 차마 바른 대로 말할 수가 없었다.

☆ 사실 대로 ☆

"얼마 전에 무릉촌 장 승상 부인께서 제게 수양딸이 되라고 하지 않으셨습니까? 그 때는 아버지를 봉양해야 되니 그리 못 하겠다고 했지만 공양미 삼백 석을 얻을 길이 없어 다시 승상 부인을 찾아가 사정 이야기를 했습니다. 그랬더니 부인께서 공양미 삼백 석을 주시고 저를 수양딸 삼으시겠다 하였습니다."

아무것도 모르는 심 봉사는 크게 기뻐하였다.

"허허, 그거 잘됐다. 이제 나는 눈을 뜨고 너는 호강하게 되었으니 이 얼마나 좋은 일이냐? 그래 언제 너를 데려 간다 하시더냐?"

"내달 십오 일에 데려 간다 하였습니다."

"네가 가더라도 영 못 보는 것도 아니고, 정말 잘된 일이구나."

아버지가 기뻐하는 모습을 보면서 청의 마음은 찢어질 듯하였다.

하지만 어쩔 수 없는 일, 청이는 그 날부터 아버지를 위해서 사철 의복을 짓고 갓이며 망건 같은 것도 새로 장만하는 등, 차곡차곡 떠날 준비를 하였다.

그러는 동안 시간이 흘러 어느 새 떠나기 전날 밤이 되었다.

청은 잠 못 들고 이리저리 뒤척이고 있었다.

"아버지, 우리 아버지, 이제 가면 다시는 못 볼 텐데……."

그 생각을 하니 눈물이 볼을 타고 줄줄 흘러 내렸다.

얼마나 울었을까, 멀리서 새벽닭 우는 소리가 들려 왔다.

"닭아, 닭아, 우지 마라. 한 시라도 더 참아 다오." ☆ 아버지와 헤어지고 싶지 않은 안타까운 마음 ☆

과연 잠시 후에 닭 우는 소리는 그쳤으나 그대신 창이 훤하게 밝아 오더니 금방 밖에서 수런거리는 소리가 들렸다.

청이가 몸을 일으켜 마당으로 나가 보니 벌써 뱃사람들이 청이 집 앞에 모여 있었다.

청이를 보자 뱃사람들은,

"아가씨, 오늘이 배 떠나는 날입니다. 어서 준비하십시오."

청이는 눈물을 삼키며 말했다.

"오늘 배 떠나는 날인 줄은 저도 알고 있습니다. 그러나 우리 아버지는 모르고 있으니 잠시만 더 기다려 주십시오. 마지

초등필수
단어장

수선스럽게 말이나 행동이 정신이 어지럽고 부산스럽게.
봉양 부모나 조부모를 받들어 모심.
사철 봄, 여름, 가을, 겨울의 네 계절.
갓 지난날, 어른 남자가 외출할 때 머리에 쓰던 테가 넓고 둥근 모자.
망건 지난날, 상투를 튼 사람이 머리카락이 흘러내리지 않도록 머리에 두르던 그물처럼 생긴 물건.
수런거리는 여러 사람이 한 데 모여 시끄럽게 떠들어대는.
뱃사람 배를 부리거나 배에서 일하는 사람.

막으로 아버지 진지나 지어 드리고 싶습니다."

뱃사람들은 그 말을 듣고 더 이상 재촉할 수 없었다.

청이는 곧 아침밥을 지어 아버지 앞으로 가져갔다.

"아버지, 진지 많이 잡수셔요."

"그래, 많이 먹고말고, 그런데 오늘은 유난히 반찬이 좋구나. 어젯밤 뉘 집에 제사라도 지냈느냐?"

청이는 더 참을 수가 없어 그만 흐느껴 울기 시작했다.

심 봉사가 딸 울음소리를 듣자 밥숟가락을 놓았다.

"아가, 왜 그러느냐? 어디 몸이라도 아픈 게냐?"

"아니에요. 아버지."

"우지 마라, 아가야. 내 어젯밤에 좋은 꿈을 꾸었다. 네가 큰 수레를 타고 한없이 가는 꿈이었다. 장 승상 댁에서 아마 너를 가마에 태워 데

려 가려나 보다."

"예, 아버지."

그러다가 청은 슬픔 때문에 그만 '아버지' 하고 부르고 기절을 하고 말았다.

심 봉사가 깜짝 놀라 더듬더듬 딸의 손목을 찾아 쥐고,

"애야, 웬일이냐? 장님의 딸이라고 누가 욕이라도 하더냐? 어찌 된 일이냐?"

청이는 잠시 뒤에 겨우 정신을 차리고 아버지를 가만히 바라보다가 사실대로 털어놓고야 말았다.

그러자 심 봉사는 너무 기가 막혀 한동안 말을 못하다가 나중에야 겨우 입을 열어,

"이게 웬 말이냐? 거짓말이지? 그런 일을 애비에게 의논도 없이 너 혼자 정했단 말이냐? 너의 모친, 너를 낳은 지 칠 일 만에 죽어 이 집 저 집 다니면서 동냥젖을 먹여 너를 키웠는데 그것이 딸 팔아 눈 뜨려는 심보인 줄 알았더냐?"

그리고는 벌떡 일어나 두 팔을 휘휘 저으며 소리쳤다.

"이 놈들, 뱃놈들아, 장사도 좋지마는 사람 사다 물 속에 넣으라고 누가 가르치더냐? 어디서 보았느냐? 눈 먼 놈의 무남독녀, 어린것을 유인해서 사 가다니 이게 될 법이나 한 일이냐?"

하지만 다 소용없는 일이었다.

청이는 아버지를 부여안고 함께 통곡을 했는데 난데없는 통곡 소리에 동네 사람들이 모

진지 웃어른을 높여 그가 먹는 밥을 이르는 말.
모친 '어머니'를 정중히 이르는 말.
무남독녀 아들이 없는 집안의 외딸.

심청전 209

두 모여 들었다.

"저 집에 대체 무슨 일이래요?"

"글쎄, 심청이가 팔려 간대요. 제 아버지 눈뜨게 하려고 공양미 삼백 석에 팔려 간대요."

"아이고, 가엾어라."

동네 사람들도 모두 울고 청이를 사러 온 뱃사람들까지 눈시울을 적셨다.

그러다가 나이 지긋한 한 뱃사람이 다른 뱃사람들에게,

"효성 지극한 청이 아가씨도 아가씨려니와 뒤에 혼자 남는 심 봉사도 딱하니 우리들이 돈을 모아 저 양반 평생 고생하지 않게 재물을 좀 마련해 줍시다."

곧 돈 삼백 냥, 백미 백 석, 광목 한 바리, 베 한 바리가 모였다.

그러나 심 봉사는 울면서 소리칠 뿐이었다.

"이 놈들아, 돈도 싫고 쌀도 싫고 베도 싫다. 내 딸 청이나 돌려 다오!"

청이는 아버지에게 작별 인사를 하고 항구로 갔는데, 배 떠난다고 북이 두두둥 울렸다.

청이가 올라타자 배는 쏜살같이 달렸는데 장사도 지나고 황학루도 지나 드디어 인당수에 닿았다.

뱃사람들은 제사 지낼 준비를 마치고 북을 둥둥 울리면서 주문을 외우

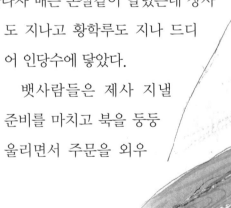

알고 나면 더 재밌어요!

인당수는 어느 바다일까?

인당수라는 실제 지명이 없어 어디를 가리키는지 정확하게 알 수는 없으나 상인들이 중국과 우리나라를 오갔다는 내용으로 보아 서해바다의 어느 곳이라 짐작할 수 있다.

더니 청이에게 말했다.

"어서 물로 들어가시오."

청이는 뱃머리에 우뚝 서서 하늘을 올려다보며 두 손을 모았다.

"비나이다, 비나이다. 청이 죽는 일은 조금도 섧지 않으니 부디 눈먼 우리 아버지, 사무친 깊은 한을 풀어 주사이다."

그리고는 치마폭을 뒤집어 쓰고 풍덩 물 속으로 뛰어 들었다.

황후가 되다

이 때 하늘 나라 옥황상제는 인당수의 용왕에게 분부했다.

"내일 오정, 인당수에 효성 지극한 심청이가 떨어질 것이니 너희들은 기다리고 있다가 그녀를 수정궁으로 모시거라. 그리고 내 명이 떨어지기를 기다리거라."

용왕은 여러 신하들과 함께 숨을 죽이고 심청이 떨어지는 것을 기다렸는데, 과연 보라 수정같이 맑은 한 소녀가 바다 속으로 떨어지는 것이었다.

여러 시녀들이 급히 모여 들어 청이를 안아 가마 안으로 모셨다. 그리고 수정궁으로 데려갔는데 갖가지 보석으로 궁을 장식하여 휘황찬란한 빛이 사방으로 뻗치고 있었다. 뿐만 아니라 갖가지 악기로 음악을 연주하는데 그 아름다운 소리는 넓고 넓은 바다에 널리 퍼지고 있었다. 청이는 아찔하여 잠시 정신을 잃었다가 눈을 떴는데, 자신의 몸이 연꽃 속에 있었다.

그 때 머리 위에서 점잖은 목소리가 들려 왔다.

"정신이 드셨습니까?"

고개를 들어 보니 풍채가 좋고 잘생긴 젊은 남자가 웃는 얼굴로 내려다보고 있는데 머리에는 금관을 쓰고 눈부신 비단 옷을 입고 있었다.

"여기가 어디입니까?" 신분이 높은 사람임을 나타냄

청이가 떨리는 소리로 물어 보니 그가 대답했다.

"여기는 송나라 대궐이며 나는 이 나라 천자라오."

212

청이는 너무 놀라 어쩔 줄 모르다가 얼른 일어나 천자 앞에 꿇어 엎드렸다.

"이와 같이 귀한 곳에 소녀와 같이 천한 몸이 어찌하여 와 있습니까?"

"일어나시오, 오늘부터 그대는 이 나라의 황후요."

청이는 어안이 벙벙하였다.

천자는 심청이를 일으켜 앉히고 시녀들에게 분부했다.

"애들아, 황후께서 입으실 의복을 가져 오너라."

청이는 '꿈인가, 생시인가?' 자기 볼도 꼬집어 보고 허벅지도 꼬집어 보았다. 정녕 꿈은 아니었다.

혼인 후 황후가 된 다음에 천자가 알려 주었다.

"나는 황제가 된 뒤에 어진 황후를 널리 구하고 있었는데 마땅한 처자가 나타나지 않아 애를 태우고 있었다오. 그런데 어느 날 꿈에 하늘 나라에서 선관이 학을 타고 내려와 공손히 절하더니 며칠 뒤에 인당수로 나가 보면 배필을 구할 거라 하였소. 그날 인당수로 나갔더니 황후께서 연꽃을 타고 쓰러져 있기에 대궐로 데려 온 것이오. 그러니 우리의 인연은 하늘이 맺어 준 것이오."

이후 심 황후는 여러 가지로 백성들에게 덕을 베풀어 만 백성의 칭송을 받았다. 그러나 심 황후는 조금도 기쁘지 않았다. 앞 못 보는 아버지 생각에 눈물이 그칠 날이 없었던 것이다.

'불쌍하신 우리 아버지, 부처님 영험으로 눈은 뜨셨는지, 살았는지 죽었는

오정 낮 12시.
아찔하여 갑자기 어지럽고 섬뜩하여.
천자 천명을 받아 천하를 다스리는 사람, 곧 중국에서 '황제'를 일컫던 말.
황후 황제의 아내.
정녕 틀림없이 꼭.
배필 부부로서의 짝.

심청전 **213**

지…….'

하루는 천자가 내전에 들어왔다가 눈물 짓는 황후를 보고,

"황후는 무슨 일로 매일 얼굴에 수심이 가득하오?"

심 황후는 지난 이야기를 쭈욱 늘어놓으며 아버지에 대한 걱정도 털어놓았다.

그러자 천자는 심 황후의 효성에 크게 감동을 받아,

"즉시 아버님을 모셔 오도록 합시다. 천하에 영을 내려 맹인들을 불러 모으시고 크게 잔치를 베풀면 아버님을 뵈올 수 있을 것이오."

곧 천자는 신하들을 불러 전국 방방곡곡에 맹인 잔치를 연다는 방을 붙이게 했다.

부녀 상봉

한편 심 봉사는 청이가 떠난 뒤에 눈물로 세월을 보내다가 중매쟁이의 권유로 뺑덕 어미라는 아낙을 아내로 맞아들였다.

그런데 뺑덕 어미는 심사가 여간 고약한 것이 아니었다.

쌀을 마음대로 퍼다가 엿과 바꾸어 먹고, 벼를 퍼 주고는 고기를 사먹고, 잡곡은 팔아서 돈을 마련해 술집에 가서 술을 마셨다. 술에 취하면 주정까지 했다. ☆ 뺑덕 어미의 인간됨을 보여준다 ☆

밥 짓기를 싫어하여 이웃 집에 가서 얻어 먹고, 빈 담뱃대를 손에 들고 다니면서 사람만 만나면 담배 한 대 달라 조르고, 공연히 이웃 사람 욕을 하고 다녀 걸핏하면 남과 싸움을 했다.

집안 살림이 잘 되어 갈 리 없었으나 심 봉사는 그저 믿고 맡길 뿐이었다.

어느 날 뺑덕 어미가 말했다.

"이제 쌀독이 텅 비어 밥 지어 먹을 쌀도 없소."

"아니, 벌써 그렇게 되었단 말이오?"

"벌써라니, 원래 쌀독에 쌀이 제대로 들어 있지도 않았구먼."

심 봉사는 깊이 한숨 쉬었다.

"그럼 이제 우리는 거지가 된 셈이구려. 동냥이라도 하려면 다른 동네로 이사를 가야 되겠소. 우리 동네에서 또 어찌 빌어 먹겠소?"

뺑덕 어미는 그 말을 기다렸던 모양인지 얼른 대답했다.

"좋을 대로 하시구려."

"그런데 동네 사람들에게 빚진 것은 없소?"

"조금 있긴 해요."

"얼마나 되오?"

"윗동네 주막에서 해장술 외상 먹은 것이 마흔 냥인가……. 저 건너 함씨 댁에 엿 값이 서른 냥, 앞마을 김씨 댁에 담배 값이 쉰 냥에……, 기름 장사에게 스무 냥."

심 봉사는 너무 기가 막혀

"잘했소." ✦ 반어적 표현 ✦

하고 밖으로 뛰쳐나갔다.

그리고 강변으로 가서,

"아이고, 내 딸 청아, 너는 어찌하여

돌아오지 못하느냐? 인당수 깊은 물에 죽어서 황천 갔거든 너의 어미 찾아 보고 나마저 잡아 가라 이르거라."

이렇게 한참 울부짖고 있었더니 지나가던 벼슬아치가 심 봉사를 발견하고 다가왔다.

"여보, 심 봉사. 왜 이리 울고 있소? 나라에서 부르시니 눈물을 걷고어서 대궐에나 가 보시오."

"대궐엔 왜요?"

"서울 대궐에서 황후님이 천하 맹인들을 다 불러 잔치를 한다오."

"그렇다면 가야지요."

심 봉사는 집으로 돌아와 뺑덕 어미를 부르고,

"여보, 마누라. 서울 대궐에서 맹인 잔치를 한다니 다녀와야겠소. 그동안 집안일 잘 살피고 기다리시오."

그러자 뺑덕 어미 갑자기 남편을 위하는 듯 부드러운 목소리로 말했다.

"무슨 섭섭한 말씀을 그리 하셔요? 앞 못 보는 불편한 남편을 어찌 혼자 보낸답니까? 같이 가야죠."

이 말에 심 봉사는 금방 마음이 풀려서 집안 살림 망쳐 놓은 것도 다 잊어먹었다.

"고맙소, 그럼 같이 갑시다."

심 봉사는 동네 사람들에게 몇 푼 돈을 빌려 뺑덕 어미와 함께 길을 나섰다.

길을 나선 지 얼마 안 가 해가 저물자 심 봉사는 주막에 들었는데 그

날 밤에 뺑덕 어미는,

　‘심 봉사 따라서 서울에 가 봤자 난 장님이 아니니 잔치에 참석도 할 수 없을 테고, 집으로 돌아가자니 빚이 많아 힘들고……. 돈이나 훔쳐 달아나야겠다.’

　뺑덕 어미는 돈을 몽땅 갖고 달아나 버렸다.

　아침에 일어난 심 봉사는 뺑덕 어미가 달아난 걸 알아차리고

　“아이고, 이 나쁜 것! 잡히기만 해 봐라.”

하고 소리치며 주막 밖으로 달려 나갔으나 뺑덕 어미는 찾을 길이 없었다.

　심 봉사는 돈도 한 푼 없이 이 사람 저 사람에게 물어 가며 서울을 향하여 터덜터덜 걸어갔다.

황천　저승.
울부짖고　크게 소리를 내어 울고.
벼슬아치　벼슬자리에 있는 사람을 조금 낮추어 이르는 말.
주막　지난날, 시골의 길가에서 밥과 술을 팔며 나그네를 재워 주기도 하던 집.

심 황후는 날마다 모여 드는 맹인의 성명과 주소를 받아 일일이 살펴보았지만 아버지의 성명은 좀처럼 보이지 않았다.

'몽운사 부처님의 영험으로 눈을 떠서 안 오시는 걸까? 병환이 중하여 못 오시는 것일까?'

그런 생각을 하면 심 황후 눈에서는 저절로 눈물이 흐르고 입에서는 한숨이 새어 나왔다.

맹인 잔치가 시작된 지 한 달여, 심 황후가 옥 난간에 비껴 앉아 흐르는 눈물을 닦고 있으려니 시녀가 와서 아뢰었다.

"이제 마지막 잔치가 시작되었습니다."

심 황후는 혹시나 하고 급히 잔치 마당으로 나아갔다.

수많은 맹인들이 잔치 자리에 꽉 차 있었고, 심 황후는 그들의 얼굴을 하나하나 살펴보았다. 그러나 아버지의 모습은 보이지 않았다. 심 황후가 슬픔으로 눈 앞이 캄캄해져서 시녀의 어깨에 몸을 의지하고 안으로 들어가려는데

"여보, 이제 오면 어쩐단 말요? 자리도 다 차고 시간도 늦었는데."

"그렇지만 서울 천리 길을 멀다 않고 달려 왔는데 돌아가라니 너무하지 않소? 어떻게 좀 안으로 들여 보내 주시오."

이렇게 대궐 문앞에서 옥신각신 다투는 소리가 들렸다.

심 황후가 혹시나 하고 문앞을 바라보니 한 맹인이 문지기와 다투고 있었다. 그런데 그 맹인의 모습이 바로 기다리고 기다리던 아버지였다.

심 황후는 와락 아버지에게 달려가서 손을 잡았다.

"아버지, 바로 제가 아버지의 딸 청입니다. 어서 눈을 떠서 저를 보

소서!"

"무어라, 내 딸 청이?"

심 봉사는 어찌나 놀랍고 반가웠든지
이렇게 소리를 지르는 동시에 감았던 눈
을 번쩍 뜨고 말았다.

심 봉사는 손등으로 두 눈을 비비고

"내 딸이라니, 내 딸이 살았다니 어디 보자, 어디 보자. 내 딸 청아."
하면서 앞에 서 있는 황후를 바라보았다.

눈부신 비단옷을 입고 있기는 했으나 과연 딸 청이었다.

"내 딸이 살아서 돌아오다니, 내 딸이 황후님이 되었다니, 내 눈이
이렇게 환히 뜨이는구나. 어이구, 내 딸 청아!"

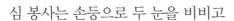

초등필수
단·어·장

좀처럼 여간해서는.
중하여 지은 죄가 무겁거나 병이 깊어.
옥신각신 서로 옳으니 그르니 하며 다
투는 모양.
와락 급하게 덤벼들거나 잡아당기거나
껴안는 모양.

심 봉사는 기쁨에 겨워 춤을 덩실덩실 추었다.

심 황후 역시 기쁨으로 뛰는 가슴을 진정시키느라 아버지 춤추는 모습을 한참이나 바라보다가 이윽고 아버지를 모시고 대전으로 들어갔다.

천자 또한 크게 기뻐하고 심학규를 부원군으로 봉하고 많은 논밭과 재물 그리고 노비를 내려 주었다.

한편 마음 고약한 뺑덕 어미는 즉시로 잡아 올려 엄하게 벌을 주었으며, 도화촌 사람에게는 세금을 면제해 주고, 심 황후 자라날 때 젖 먹여 준 부인들에게도 상금을 후하게 주었다.

그리하여 모두들 심 황후와 심 봉사 일을 기뻐하였다.

부원군   조선 시대에, 왕비의 아버지나 정일품 공신의 직위.
고약한   마음씨, 성격, 말씨, 태도 등이 나쁘고 거친.
면제   책임이나 의무를 지지 않게 해줌.

알고 나면 더 재밌어요!

심청전에 담긴 유교 사상

심청전에는 착한 일을 하면 반드시 복을 받는다는 인과응보 사상, 부처님의 힘으로 눈을 뜬다는 불교적인 색채, 파도를 가라앉히기 위해서 제사를 지내는 무속신앙 등 많은 사상들이 뒤섞여 나타난다. 그 중에서도 가장 뚜렷한 것은 부모님에게 효도해야 한다는 유교 사상이다.

재미있게 짧은 글 짓기를 해 보아요

1 슬하 :

2 삯바느질 :

3 수양딸 :

4 장만 :

5 제사 :

재미있게 긴 글 짓기를 해 보아요

다음 단어들을 사용하여 글을 지어 보세요(본문을 참고하세요).

1 딸을, 시름시름, 칠 일 만에, 저세상 :

2 문전, 당도, 으리으리 :

3 집 앞, 쭈루룩, 한 길, 개천, 풍덩 :

이해력을 길러요

빈칸에 알맞은 단어를 넣어 보세요.

(동네, 회심, 중매쟁이, 사정, 눈물, 시주, 황천, 소문, 공양미, 동냥, 아내, 깊은)

1 심 봉사의 [   ] 을 아는 동네 사람들은 [   ] 주머니에 쌀이며 벼를 넣어 주었다.

2 청이의 [   ] 은 동네에 널리 [   ] 이 났고 [   ] 사람들은 청이 부녀를 조금이라도 더 도와주려고 애썼다.

3 심 봉사는 할 수 없이 몽운사 스님에게 [   ] 삼백 석을 [   ] 하기로 했다는 것을 털어놓고 말았다.

4 청이가 떠난 뒤에 [   ] 로 세월을 보내다가 [   ] 의 권유로 뺑덕어미라는 아낙을 [   ] 로 맞아들였다.

5 인당수 [   ] 물에 죽어서 [   ] 갔거든 너의 어미 찾아 보고 나마저 잡아 가거라.

사고력을 길러 보아요

1 심 봉사는 청이를 어떻게 키웠나요?

2 청이는 언제부터 구걸을 시작했나요?

3 내가 청이라면 눈 먼 아버지를 어떻게 봉양할까요?

4 승상 부인은 청이를 무엇으로 삼으려고 했나요?

5 물에 빠진 심 봉사는 누가 구해 주었나요?

6 스님은 심 봉사에게 무슨 말을 하여 심 봉사가 공양미를 바치겠다 했나요?

7 천자는 어떤 꿈을 꾸어 청을 황후로 삼았나요?

8 심 황후는 아버지를 찾기 위해 어떤 일을 했나요?

논리력을 길러 보아요

1 심 봉사는 왜 청이를 동냥 젖을 먹여 키웠나요?

2 동네 사람들은 왜 심 봉사를 도와 주었나요?

3 심 봉사는 왜 스님에게 공양미 삼백 석을 바치겠다고 약속했나요?

4 심 봉사는 공양미 삼백 석을 바치겠다고 하고 왜 후회했나요?

5 청은 왜 뱃사람들에게 몸을 제물로 팔기로 했나요?

6 뱃사람들은 왜 열다섯 된 처녀를 사려고 했나요?

7 천자는 왜 청을 황후로 삼았나요?

8 뺑덕 어미는 왜 심 봉사를 버려 두고 도망갔나요?

9 청은 왜 맹인 잔치를 열었나요?

다 했으면 감사일기 힘내자!!

논술이 만만해지는

우리고전 읽기 ①

2012년 3월 5일 1쇄 발행
2021년 11월 30일 14쇄 발행

글 허순봉
그림 김홍

기획 편집 이성애 | **교정·교열** 김정연 | **편집** 한명근
디자인 김성엽의 디자인모아 | **마케팅** 한명규

발행인 한성문 | **발행처** 가람어린이

출판등록 2002년 9월 16일 제2002-000291호
주소 서울시 마포구 망원로71 자연빌딩 302호
전화 02-323-2160 | 팩스 02-323-2170
전자우편 garambook@garambook.com
블로그 blog.naver.com/garamchild1577
페이스북 facebook.com/garamchildbook
인스타그램 instagram.com/garamchildbook
트위터 twitter.com/garamchildbook 유튜브 가람어린이tv

ISBN 978-89-93900-20-0 63810

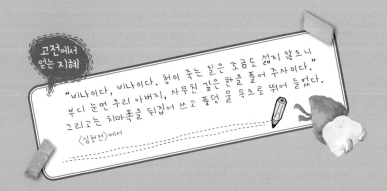

고전에서
얻는 지혜

"비나이다, 비나이다. 청이 죽는 일은 조금도 섫지 않으니
부디 눈먼 우리 아버지, 사무친 깊은 한을 풀어 주사이다."
그리고는 치마폭을 뒤집어 쓰고 풍덩 물 속으로 뛰어 들었다.

〈심청전〉에서